現代歌人ライブラリー2

OOTA Miwa

大田美和の本

北冬舎

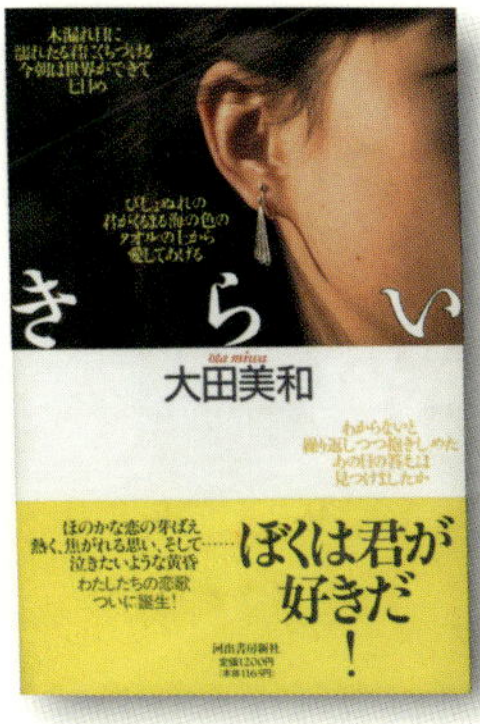

❶きらい（歌集）

1991年6月28日　河出書房新社
カバー写真：内山英明／装丁：菊地信義
46判上製カバー装／208頁＊1165円＋税

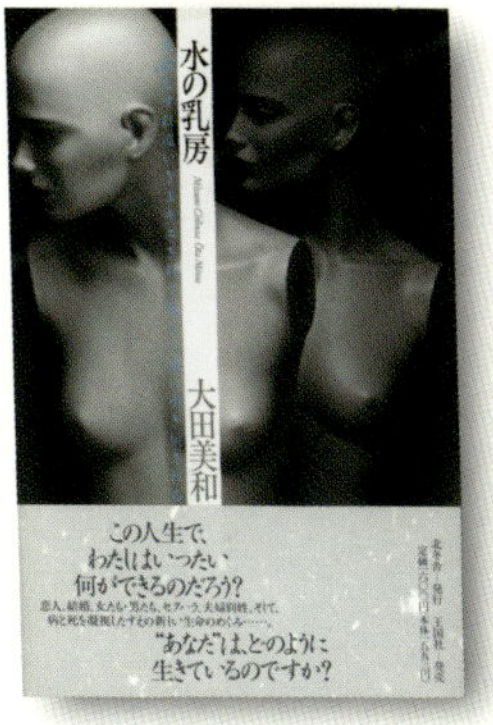

❷水の乳房（歌集）

1996年5月30日　北冬舎
カバー写真：石山貴美子／装丁：菊地信義
46判上製カバー装／176頁＊1553円＋税

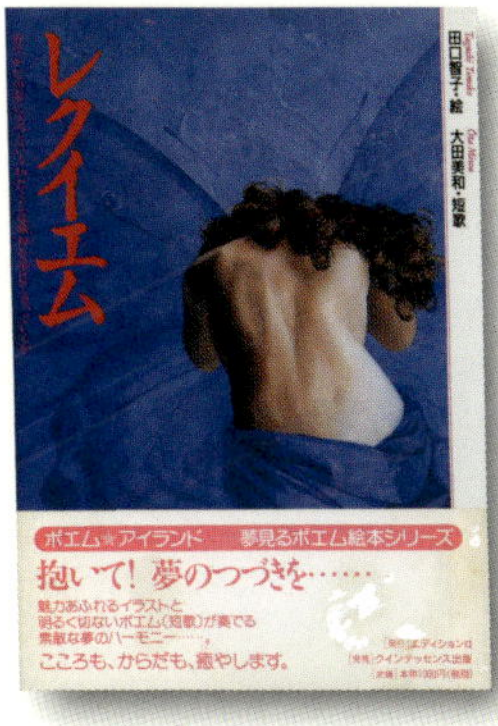

❸レクイエム（短歌絵本）

1997年6月20日　エディションq
絵＝田口智子／装丁＝菊地信義
A5判上製カバー装／40頁＊1000円＋税

❹飛ぶ練習（歌集）

2003年5月20日　北冬舎
カバー画：ヨーナス・ダニリアウスカス／装丁：大原信泉
46判上製カバー装／160頁＊2000円＋税

❺アン・ブロンテ（研究書）

2007年11月15日　中央大学出版部
装丁：道吉剛
A5判上製カバー装／178頁＊1800円＋税

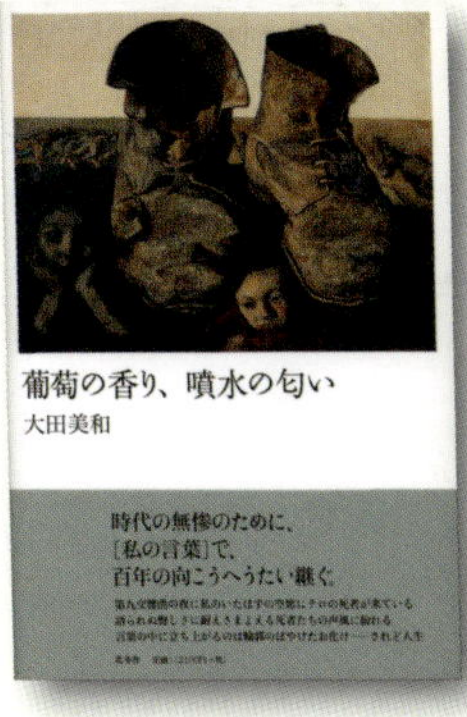

❻葡萄の香り、噴水の匂い（歌集）

2010年4月20日　北冬舎
カバー画：上野省策／装丁：大原信泉
46判上製カバー装／174頁＊2100円＋税

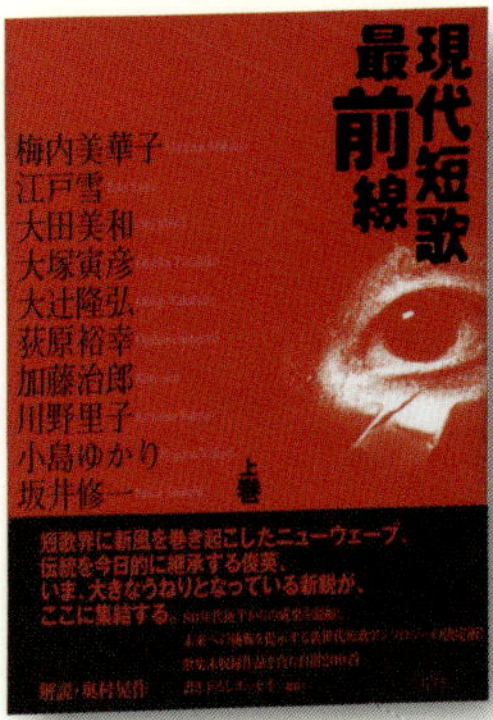

❼**現代短歌最前線**　上巻（アンソロジー）
2001 年 11 月 6 日　北溟社
装丁：伊藤鑛治
A5 判並製カバー装／ 270 頁＊2500 円＋税

❽**なぜ『日陰者ジュード』を読むか**［共著］（研究書）
1997 年 9 月 16 日　英宝社
46 判上製カバー装／ 332 頁＊3200 円＋税

❾**アン・ブロンテ論**［共著］（研究書）
1999 年 10 月 16 日　開文社出版
46 判上製カバー装／ 446 頁＊3500 円＋税

❿**ジョージ・エリオットの時空**［共著］（研究書）
2000 年 6 月 10 日　北星堂書店
A5 判並製カバー装／ 364 頁＊2800 円＋税

⓫**シャーロット・ブロンテ論**［共著］（研究書）
2001 年 10 月 13 日　開文社出版
46 判上製カバー装／ 558 頁＊4000 円＋税

⓬ 2000年 6 月、研究のため滞在した英国ケンブリッジ大学、ウルフソン・コレッジで。教職員と学生からなる聖歌隊に入部して、週一回の練習に参加。写真、右端。

大田美和の本❈目次

I

大田美和全歌集

II

詩篇

III

エッセイ

大田美和の本

I

大田美和全歌集

きらい

第一歌集

Ⅰ

海の色

海の色／クリムトのキス／林檎／カラントのジャム／若葉を仰ぐ／夢で見た地図／黄色い薔薇／私の中に雨が降るとき／やさしき歌／風のスカート／春の驟雨／あけがたの夢

Ⅱ

黄金休暇

肉のかたまり／生煮え／水中の鬼／スニーカー／さよなら昭和／祖母の死／われに政治は／一人遊び／女神／鶏のあご／黄金休暇

Ⅲ

一番ほしいものは要らない

ステーキを食う／誰に似てるの／フォションの紅茶／古書の街／みんな音楽／言葉のゆくえ

Ⅳ

オープン・マインド

オックスフォード／湖水地方／ロンドン、エディンバラ／テイト・ギャラリー〈スタンリー・スペンサー伝〉／ダブリンのパブ／ブリュッセル／オープン・マインド／機内で／砂落とし

Ⅴ

青いスカーフ

駅／目覚め／思い出の夏／青いスカーフ／夜の街／火種／きさらぎの雨／小鳥のように／木馬／風花／透明な鏡（巻末エッセイ）

I　海の色

海の色

びしょぬれの君がくるまる海の色のタオルの上から愛してあげる

まっ白な君の浜辺に這い上がり水平線を新しく引く

横になったままで踊ろう今日踊る曲はあなたが選んでもいい

キスマークをのどにつけても完全にあなたのものにはならない私

それぞれの父母にもらった足の指吸いつくしても変わらぬ形

触れ合いて落ちる眠りは生まれ来る前の世界の残り香に満ち

性とは隠微《いんび》なものだと言った男らと億光年を離れて眠る

クリムトのキス

わが裡《うち》に隠れる君の指先のかつて描きたる星やひまわり

人を摑《つか》み打ちたる手かもおとなしくわれの愛撫に今は応える

棄教者の君が「迷える子羊」と呟きながら求めるものは

君の指の残せる痛み感触を連れて半日街をさまよう

帰れない旅にいますか　留守番電話《マシーン》に昨日見た夢告げておやすみ

月の出を待ちし思いよ遅れたる生理来たれば窓辺に憩《いこ》う

クリムトの「キス」の複製《コピー》にゆるやかに吊り上げられるわが生殖器

林檎

今日生まれたばかりのように代わる代わるシャワーの水をかけて向き合う

「女の子と議論をするなと言われた」だって　私はベッドで「ジャーナル」を読む

美和と呼ぶ言葉の裏の安心を少し揺らしてみたい気もする

君に剝《む》かせた林檎を食べずに喋っている私のことを少し気にする

ピサの斜塔みたいに食器積み上げて口笛を吹く主夫になってよ

バックシートに恐縮しきった愛犬を乗せて二人の春のドライブ

背伸びして切ったばかりの前髪をさわって今日はこれでさよなら

カラントのジャム

焦《じ》らすという言葉を知らぬ恋人の今朝の電話は鳴るにまかせて

セントポーリア植え替えようと雨上がりの冷えた地面に指なじませる

春の日は『嵐が丘』を読みさしてテーブルに置くカラントのジャム

アメリカ英語になじめる耳でBBCイングリッシュにダイヤル合わす

短波ラジオの数分間に繰り返し糾弾《きゅうだん》されるソ連「ポグロム」

少しずつ主菜選びて学生のわれらに似合うサイゴン料理
ヨーロッパ文学語りアジア的な雑踏の似合うこの街に住む

若葉を仰ぐ

昼前の一時間では埋められぬ君に架けたる橋脚《きようきやく》の溝
午後からのゼミをさぼれと言い出せぬ君の古びた時計をはずす
君の目の下の小皺に刻まれたアポロ探した日々よさよなら
中空にたゆたう夢の照り返し頰に受けつつ若葉を仰ぐ
早咲きのつつじ燃え立つ四阿《あずまや》で五月の分までキス繰り返す
ブラウスを元に戻して叱られて叱られての歌閉園を告ぐ

夢で見た地図

昨日より飼い始めたる山男三畳間にて眠りつづける

夢で見た地図をたよりによく来たね　道は忘れない山男だもの

ずだ袋降ろすまもなくどっかりと君の形に雪こぼれたり

直訳のせりふみたいね物慣れぬ口説き文句をからかいて聴く

戯《たわむ》れて口に含めば赤らみて男にもある乳というもの

「雪女に遇《あ》ったと言うよ」三日間剃《そ》らない髭《ひげ》を頬に寄せつつ

黄色い薔薇

君に似た男が少女と消えるのを見たから黄色い薔薇を一輪

放っておいても死にはしないと思ってる惜しまれるまで死にはしない

二十世紀の末というのに才女なら男は要《い》らないはずとうそぶく

すり切れた君の言葉を纏《まと》うには木枯らし寒く身を透き通す
向かい合う人がほしくて酔う夕べ　これでもない　あれでもないわ
窓閉ざし自作を壊すカミーユに明日の私を見ては怯える
はりつめた糸かき鳴らすイオラスを捜して冬の海渡ろうか
紡《つむ》がれて光こぼれる雨の糸つかもうとして両手を濡らす

私の中に雨が降るとき

雨の日に部屋にこもれば憂鬱《ゆううつ》は発酵すると友の箴言《しんげん》
あなたとの別れを笑っているような桜が早く散ってよかった
バーバリーもレノマの傘も役立たぬ　私の中に雨が降るとき
すれちがう一人一人がありし日の君に変わりてなだれくずれる
矜持《きょうじ》捨て抱いてほしいとまで告げた私を別の私が嗤《わら》う

流れゆく思いにすがりきれなくて打ち上げられる言葉を拾う
蹴られればなおさら弾《はず》む毬《まり》だから心はひとつあれば足りるわ
人形は持ち主に似てしわくちゃのシーツの上にうつぶし眠る

やさしき歌

街にきく君の消息秋までは帰らずと聞けば安らぐものの
夏の日のすでに一点となりはてしわが残像を君の背に見る
触れながらつかみえぬもの呼ぶごとく続けてわれを呼びし君はも
口移しの菓子の甘さにおののきてすがりつきたる深夜の予感
唇を震わせて告げたさよならも三流芝居の一場となりて
自らの乳房に触れてまどろめば生まれ来る前のごとき安息
傾きし書架に残れる君の本　銀の表紙の神谷美恵子《かみやみえこ》

飛沫《しぶき》上げ光の中にはしゃぎたるわれのやさしき歌返してよ

颪のスカート

くちづけをはじめて交わす水の上まどろみはじめる私の言葉
さまよえるボートの屋根にぶつかりて岸辺の花の小枝降りくる
ゆっくりと林をよぎる野良猫の影曳くままに夜に溶け入る
今さっき鶴が鳴いたと告げられて夢のつづきのように抱かれる
君はいま少年のように黙りこみ颪を孕《はら》んだスカートを抱く
しばらくの遭難の後《のち》ココアなど恋しくなって公園を出る
新しく染められたはずの世界とは確かめようもない夜の闇
生きもののはじめて陸に上《のぼ》りたる夜の静けさ坂のぼりゆく

春の驟雨

「ほんとうのフェミニストってかわいい」と打てる布石《ふせき》の真意は問わず

汗ばんで光るあなたのてのひらで孵《かえ》してみたい学者の卵

芽吹きたる林檎の下に抱《いだ》かれて君は樹となり神殿となる

「女性としての君が好きだよ」専門の話は互いに警戒しつつ

地下書庫で出会いし君と待ち合わす辞書室は春の驟雨《しゅうう》の中に

あけがたの夢

積み上げた本の狭間《はざま》に夜具を敷くわれはカリプソきみの避難所

月光に浮かぶあなたの腕抜けて夢の断片書き留めておく

研究室と住居を兼ねた六畳に君が食器を洗う音する

マーガレットの最後のつぼみが開く頃今度は手ぶらで遊びにおいで

君と行く都電通りの魚屋でフィアンセという嘘こぼれ出る

本持ってこないのならば引っ越してきてもいいわと切り出してみる

あの人を入れる空間きのうまで本棚入れるはずだった場所

あけがたの夢に立つというわたくしは鱗粉《りんぷん》を帯びて光っているか

めぐりあうまでの月日が降りそそぐ五月雨《さみだれ》の中を君に逢いにゆく

II　黄金休暇

肉のかたまり

君はもう僕には肉の塊《かたまり》だそれなら焼いて煮てかじってよ

少年の通過儀礼の晩餐会《ばんさんかい》太田夫人が肉に変わるとき

自らの植え付けた種を忘れては女のかなしい性などと言う

美しく争う性を描きたるロレンスの若さ長生きならず

男の目でヒーローに同一化してるのに待つ女だと勘違いする

凌辱《りょうじょく》の歴史読みつぐ夜更けには君も一個の鉛の兵士

買春を人を殺せる人間に置きかえてみてなお寝つかれず

生煮え

生煮《なまに》えのやさしい気持もてあまし鰐《わに》でも飼ってみたい夕暮れ

卵には無精卵というものもありまだ孵《かえ》らない学者のたまご

犇《ひし》めきて海に墜《お》ちゆくペンギンの仲良しということ無惨かな

贈られた紫陽花《あじさい》の毬《まり》手に重く愛されていることも憂鬱《ゆううつ》

口語から文語へ開く視界には英仏海峡までをすっぽり

他人には絶好調と見せかけて返す刀で自らを斬る

酔えばすぐ女ってものはと言い出すが何人女を知ってるのやら

曇りガラスの向こうで何か叫ぶのは男の顔かよく見えないが

黒葡萄《くろぶどう》にからみつきたるかたつむりフェンスの闇に投げ返したり

水中の鬼

欧州に寄せる片恋報《むく》われずユルスナールの源氏を愛す

水たまりを跨《また》ぐ私を待ちかまえ摑《つか》みそこねる水中の鬼

読むごとに増える付箋《ふせん》はにぎやかに過ぎし日を祝う墓標《ぼひょう》のようね

大理石に眠るヨハネの首のごと記憶の海に浮かぶ君の目

閉幕ののちも青年現われずモリスの図録を席に残して

イヤリングをすべる光を手に取りて魔術師はわがキスを求める

ブランデーグラスを夜半《よわ》の灯にかざし中に潜《ひそ》める小鬼を探す
天井を泳ぐ光にゆらゆらと飴色になる男の肢体
中空にわれの魂抜け出してくちづけ受ける喉を見下ろす
びっしょりと肩まで濡れて魔物めく君のうしろの正面は誰
逢う夜は言葉以前の闇のなか足跡《あしあと》ぬぐう雨降りしきる

スニーカー

往来を過ぎる靴音あの人が訪ねてきてもスニーカーだよ
二十歳《はたち》までむしろ醜い部類だと思わされてたことの功罪
本屋ならすぐになくなる大金を忍ばせスーツ売場を歩く
あなたとの電話を終えていそいそとアマチュア詩人に会いにゆく夜
酔っ払うと私が二つに割れるから面白いのと下戸《げこ》困らせる

三次会に残る三人赤ちょうちんここに歌碑立つ日もまたあれな
東大に劣等感持つ男いて私が最後のとどめを刺せり

さよなら昭和

亡き父と思い「記帳」をしましょうと母に言われて友はそむかず
人の死を食傷気味と言うことを憚《はばか》れど同じ画面に飽きる
若者は積極的に逃避して一月七日ビデオ屋の列
昭和最後のテレビを見るという妹をそのままにしてわれは寝に行く
死者を鞭打たぬ美風を持つ国を愛憎半ばにわがものとする
絶対者を持たぬ弱さを説かれても理性を越えるものには寄らず
改元の後《あと》にも消えぬ年号あり戦中知らぬわれにも「戦後」

祖母の死

祖母を見舞う帰りに立ち寄る喫茶店ソファにもたれて母は小さし
鼻に入れたチューブを外《はず》したがるから縛られた手のことのみ話す
合掌をさせんと縛《しば》りし布取りて浮かべる痣《あざ》を綿にて拭《ぬぐ》う
不機嫌と俺と言い張る気丈さを祖母より継ぎしことに気がつく
祖母の通夜《つや》にめぐる思いはわが母を受胎したまいし夜のことなど
誕生日の薔薇の萎《しお》れて匂い甘き下宿に帰る祖母を送りて

われに政治は

泣きながら父の見送りし祖父の忌《き》よ家族史の中に戦争はあり
「捕虜の死」を読み上げて武川忠一《むかわちゅういち》は早稲田を去りぬ　雪降りやまず
知らぬまに殺されたくはないという素朴に根ざすわれに政治は

ムイシュキンのあくまで白き言葉重く逆転死罪の判決をきく

帰国して働くという模範回答を持てぬ在日の君は十九歳

フィリピン・アキノ革命前夜（1986）

選挙不正に職場を棄てし乙女らの凜々《りり》しとばかり言えぬかなしさ

北京天安門事件（1989）

terribleとただ繰り返す張さんを慰めかねつ北京六月

ひとしきり泣きじゃくりしのち颯爽《さっそう》と化粧室出る君は留学生

留学生の君と語らう日常に絶えず問われる日本なるもの

「時代」という曲口笛で吹きながら工事現場に働く君は

一人遊び

反逆の構図もすでに権力の掌中《しょうちゅう》にあり新歴史主義

テキストの純粋培養唱えつつナチス加担を隠したド・マン

人《ひと》真似《まね》をする鳥いてそのうちに虚《むな》しさを知る日も来るだろう

馬鹿野郎と思う輩《やから》のぞろぞろとうなぎのぼりに秋ふけていく
物喰えば物洗うべきけだるさを知らぬ男の嘲《あざけ》りをきく
夕暮れの一人遊びや真っ青になるまで塀を殴りつづける

女神

フェミニズム論じ面接室を出て教授は男ばかりと気づく
女教師は産休取るから要《い》らないと言われて帰るここも大学
三本めの論文はよそに出せと言ういずれ知るべき就職の壁
うちの女房よりすごいなとほめられて缶蹴りながら一人で帰る
子を孕《はら》むこともできるわ麗《うら》らかに木の実を降らす菩提樹の上
道浦さんに会える七月日曜日笹の葉さらさら街には揺れて
一葉にも晶子にも理論はなかったと批判する百合子の文学史読む

ひとりではないと思いて顧《かえり》みる伸子も真知子もわが先達者《せんだつしゃ》

カリスマを待つより私自らが豊穣《ほうじょう》の女神・破壊する魔女

暗い森に楽譜埋《うず》めて去るアルマ歴史に残らぬ女もありき

聖母などとわれを崇《あが》める男いて気楽ねと言い友と酒飲む

女流という死語よ滅べと友と乾すシャンパン青く未来を照らす

鶏のあご

生理日は牛のレバーを買いに行く生きる残酷楽しみながら

ジュース飲むわれに近づく鶏一羽舌出すように顎を揺らして

おいしそうなお前にあげる餌はない野生の鶏とベンチにすわる

marriage も old maid も知らないと言う女生徒を褒《ほ》めてつかわす

ゲルニカを知らないと言い悪びれぬ君たちの見るスペイン五輪

「実用英語」の要請迫る教室で大学以前の世界史を説く

無知の知をさらけ出したる明るさはやわらかな武器掲げて行かん

黄金休暇

教壇に立ち女生徒を見渡しぬかつて知性はわれのスティグマ

一人にでも届けばいいいさ昨日見た芝居に触れて授業始める

ああ山にこもりたいなと呟けば二十歳《はたち》ばかりの君らは笑う

囲まれて泣かされた日を忘れえず女生徒多きクラスを疎《うと》む

春祭を知らせる立看《たてかん》さみしそう立看許可証ばかりが目立つ

落語部の練習つづく中庭に単位落とした生徒も混じる

われもつねに過ぎゆく一人校庭で缶蹴りをする生徒らを見て

私語止《や》めぬ生徒に辞書を投げつける夢から醒めて黄金休暇

III　一番ほしいものは要らない

〈この連作は、アイルランドの作家、ジェイムズ・ジョイスの小説『ユリシーズ』の本歌取りを試みたもの。一九九〇年春、東京をさまようユリシーズは女の詩人である。〉

ステーキを食う

春の日の郵便自転車あの世から運ぶ手紙の束を隠して

ポケットに手を突っ込んで粛々《しゅくしゅく》と弔旗《ちょうき》を守る制服の群れ

元号は名付親ていどのありがたさ昭子去り成美ちゃんがぞろぞろ

黄金の国ジパングを指さして東シナ海渡る船団

無血デモを撫で斬りにする戦車群アナクロニズムは歌にもならぬ

「戦争がないから人が増えすぎる」政治家志望の祖母の繰《く》り言《ごと》
プリンスはハンサムがよく責任感などというものは生まれた順に
解放の壁より墜《お》ちし青年を祝い迎える冥府《めいふ》の酒宴
独裁者の処刑のビデオ繰り返し流れる店でステーキを食う

誰に似てるの

恋人の枕辺に立つ父母の影まゆのあたりは誰に似てるの
耳のあな足の指さえ不思議にていちいち君の手が確かめる
少女期に別れを告げし明くる日の写真の髪のやわらかに燃ゆ
ティーカップを渡す小指に触れる手の温かいのは雨降りだから
あなたへと放つ言葉の乱反射降っては消えるてのひらの雪

フォションの紅茶

春の海ぽっかり浮かぶ飛行船M・ブルームの躁鬱《そううつ》の色

カリプソはキルケの姉妹ペネロペの従姉《いとこ》と伝える異本はなきや

市街戦果てて国立図書館の焼け跡に生《は》える灰きのこ摘《つ》む

シェイクスピアの遺言の謎を解いてみよ「妻には second best bed を」

伊勢丹にフォションの紅茶買いに行く一番ほしいものは要《い》らない

「デザートはシードケーキのくちづけを」世界そのものと寝たような朝

古書の街

受験終え駅へと向かうバスの中ワンフィンガーの個性が揺れる

スロープを登りつめれば文学を語らぬどちの英文学部

一応はハッピージャパン教室のどの子も同じ顔に見えます

語るべき己れ持たねばゴシップに倦《う》みて濁れる午後の食堂

二人して行きし古書街手をつなぎ早稲田通りを渡りたる午後

乾燥機のシーツやタオルが乾くまで三十分の古書店めぐり

家計簿の葱《ねぎ》や蜜柑《みかん》と並びたる『言葉』というのは書物の名前

一括《ひとくく》りの詩集と思想書入荷して後継者なき誰かが死んだ

ランドリーに戻ってくると宿酔《ふつかよい》の浮浪者ひとり店番してる

キャンパスを抜けて夕飯買いに行く帰りは少し遠回りして

九時半の湯垢浮き出す銭湯に息子自慢のご隠居が来る

みんな音楽

ますらおはフルートなれば奏者なき男さまようブルームズ・デイ

マドンナは日本語となり青ざめた処女のイメージ吹き散らしたり

自慰のあと残るけだるさワープロの上で言葉と組み合いしのち

かき消した文字もそのまま「文豪」の記憶容量分を歴史に

バラードの次はしんみりレクイエム昨日殺した男のために

ゼミ室で白魚《しらうお》の指泳がせてページをめくる男見ている

誘惑の人魚たちより帆柱に巻きつけられた恍惚を見よ

発車ベル琴の調べに改めて騒音さえも「みんな音楽」

言葉のゆくえ

蜜月はゆうべ済ませたばかりです　既に今夜は響く胎動

イオラスに君は前髪吹かるるや我は漕《こ》ぎ出す月の出を待つ

あなたより大事と言えば厭かしら播《ま》く人よりも春に咲く花

さらさらと君の名前のサ行音響かせながら研《と》ぐ寒の水

寝室の壁に広がるヴィーナスの絵に綴じられた波音をきけ

水底《みなそこ》に眠るわたしの死者たちへ海になだれるフリージャの列

わたくしの器《うつわ》を満たし溢《あふ》れ出す言葉のゆくえ見守りてあれ

IV　オープン・マインド

オックスフォード

夕べには君を呼び出す風吹けばテムズよ眠れ歌い止《や》むまで

君からの便りがないのはよい便りピジョンホールを横目で睨《にら》む

イラク、クウェートに侵攻

湾岸危機伝えるテレビが日本人観光客を大映しにする

西側に協力すると言うソ連首脳を野次るヤンキー　テレビ室九時

パキスタン政変、ブット首相軟禁

われわれのアキノもやがてと言いよどみチャーリーの見るブット軟禁

生活のためにロマンス書くことも茶化すフィリピン大学教授

午前零時芝生に青い影落ちてキムチと海苔《のり》のアジア・パーティー

日陰者ジュードを拒《こば》みし塀の上にフェローの庭の夏草そよぐ

湖水地方

名の意味を英語でイアンに教えれば湖水地方は美和のようだね

晩年の詩人のたましい奪いたる湖畔につづく庭園の道

岸に沿う樫《かし》の形をそのままに映しまどろむライダル・レイク

キッシング・ゲートでキスを請《こ》う人をかわして丘の道駆け上る

お調子者のイアンに髪も目の色もちがう昔の君を重ねる

quality not quantity 繰り返し額にキスを交わし別れる

ロンドン、エディンバラ

芝居はねて石畳の道帰る夜半《よわ》まぼろしの馬車われを追い抜く

ホームレスの女がワゴンを押しながら四文字英語を吐き捨てていく

焼きそばの take away を注文し東洋人の店に安らぐ

ブロークン・イングリッシュでぺらぺらと喋る私が詩人《ポエット》だとは

残るのはいつか愛した記憶だけ樅《もみ》の林に置き去りにする

テイト・ギャラリー 〈スタンリー・スペンサー伝〉

乳母車にパレット乗せてカタカタと Cookham の画家スペンサー行く

キリストはテムズの茶会に再臨し河の水からワインを搾《しぼ》る

花嫁の豊かな尻を讃《たた》えてはカナの婚礼たけなわに入《い》る

ほっそりした頬はロレンスひたぶるに性道徳と闘いし頃

絵の具まみれの腕で君より抱き取りし次女 Unity は亀裂《きれつ》の証《あか》し

女神として君に描かれし頃よりかわが精神の病みて久しき

妊娠を知ってあなたがくちづけた喉に今では癌飼いならす

老いてゆくふぐり見つめる傍らに妻はやせたる乳房さらして

この世では和解なしえぬ妻ふたりよみがえらせた画布抱きしめる

投函しない手紙の束にわたくしのほんとの恋をみつけておくれ

ダブリンのパブ

持ち帰るアイリッシュ・ローズささやかなアヴァンチュールを旅愁にかえて

一杯のギネスより高い薔薇くれしデニスの家庭の事情はきかず

ブリュッセル

「サッチャーは暴君、民主主義は嘘」在英スペイン人の嘆きは

移民にもやさしかったと君の言う大英帝国の植民を知れ

オープン・マインド

熱帯をそろりそろりと参ろうぞチャドルの女性のあとついてゆく

ラマダンの時もご馳走食べていたスルタンを語るインド人ドライバー

日本人と知ればすぐさま文通をしようと迫るマレー人ジョン

日本語は響きがきついと言われても思い至らず侵略の過去

今のままオープン・マインドでいなさいと言われて別れる夜の空港

機内で

日本に住んでみたいな外国人登録番号とは何と聞く

砂落とし

旅から帰る人をねぎらう「砂落とし」してあげようと電話の父は

V 青いスカーフ

駅

詩集預けまどろむ君の横顔にページは繰《く》らず幾駅を過ぐ

君に会えば好きというほかなき動作あたふたとして教室を出る

口にすれば指の間をすべり落ちる砂に似てまだ告げずわが恋
わが思う人とは知らず欠席の君の名前を誰かが口にす
葉桜の間に一瞬とらえたり君がコックスをつとめるボート
卓球台に向かう裸の半身が木の間を動く学寮の午後
図書館と医局の間を駆け抜ける白衣まぶしき君のスクーター
読書会の夜は深まりて隣なる君の呼吸を息ひそめきく
また一人帰りて暗き辞書室に海鳴りのごとく木々のざわめく
黒髪にわずかに君の肩触れて降りるべき駅近づいてくる

目覚め

他愛なき性の目覚めを君語り透明な乳房をもちてわがきく
十年前の君の無謀さを秘めている少年が出て電話取りつぐ

会いたいと切り出すまでの沈黙を抱《いだ》きて深夜の受話器握れり
君に会う明日にわずかな彩《いろど》りを添えるともなく爪を染めいる
まっすぐには伝えられないやさしさを君なりの愛の形とみなす
手をあげて君は帰れりおとなしき恋人とわれを思いそめしか
わが胸に君の灯せしほのあかりその灯の下に本読む宵は

思い出の夏

守れないほどの約束ためながら指折りて待つ君に逢う春
急行は君の住む街通り過ぎ車窓に春の多摩川光る
口紅の色を変えれば春だねと君は大きなあくび一つす
駅を出て初夏の日ざしに手をかざすはじめて降りる君の住む街
やかんの火細くかけつつ何飲むと君にきかれてこの部屋にいる

リュック負い原野渡りし君の夏わが思い出の夏に溶けゆく

青いスカーフ

泣きたいようなタベのあればごめんよと君のかわりにレノンが唄う
去りぎわに君の背中に手を触れしわが淋しさをいかばかり知る
君の手の温《ぬく》みも伝わりがたきまで真に凍《い》てたるわれをかなしむ
積もりたる淋しさ耳にこだまして受話器の君の声をかき消す
わが心どこまで見えり静脈が透けて見えると君ささやきぬ
未知の手に触れてうなじの燃え立つを淋しみ青いスカーフを巻く
何を君と思い抱《いだ》きしか目のさめてひたすら空《くう》をつかみたる指

夜の街

君の手をお守りのように握りしめ見知らぬ夜の街に踏み入る

抗《あらが》えば口真似をして抱き寄せる君は私を映せる鏡

人間って温かいねとわが頬を埋《うず》めし人のはにかみて言う

低血圧の君の目覚めを待つ窓に形取りゆく朝のビル街

木漏れ日に濡れたる君にくちづける今朝は世界ができて七日め

火種

かえりみれば君は確かにわが裡《うち》の歌の火種をかきたてる風

危うげに恋を歌える吾を見つつ職場の歌を妹は詠《よ》む

君のいるはずの部室の扉から「断頭台への行進」聞こゆ

東欧の冬の街並映し出すスライドに君の孤影射したり

わが嘆きよそに明るき君の声無縁のものと断ずるべきか

君に似た仏の前に佇《たたず》みて蜜のごとしも修羅《しゅら》という言葉

夕暮れの湿り伝わる唇に君のフルート取り上げて吹く

われのみの恋哀れみて戯《たわむ》れのキスにも君はみじろぎもせず

本当に愛していたら歌なんて作れないよという説もある

きさらぎの雨

新しき妄想の種蒔《ま》かれたる大地を濡らすきさらぎの雨

舌にのせ転がすうちにまろやかに発酵してゆくあなたの名前

まっすぐに伸びたる君の無防備な心を庇《かば》う風になりたし

目の粗《あら》き鉱石のごと会うたびに君は異なる光を返す

無造作にバラードのテープ送りきて君は恋したそぶりも見せず

日比谷から早稲田へ歩く氷雨《ひさめ》さえ君の手を取る口実にして

二つめの角のあたりに君がいて迷路描けるわが青春図

小鳥のように

君に恋打ち明けられて澄み渡り波立ちやみしわれの湖

読み返す昔の歌の反故《ほご》の中に閉じ込めてきた人よさよなら

邂逅《かいこう》を祝い重ねるワイングラス指の先まで朱に染まりつつ

築きたる矜持《きょうじ》の仮面剝《は》がれ落ち君の手中に溶けて消えたり

氷砂糖きみの唇《くち》からこぼれ出て私ののどにあふれ満ちたり

張りつめた糸を緩めるようにしてくちづけられる髪から背まで

わが眠りそっと見守りていたらしく黙せるままに唇を寄す

情死という言葉ひらめく　ひとすじの髪になるまで抱きしめられて

まぶしげにわれと夕べの景色とを見比べており手さえ触れずに
くちづけの跡スカーフで庇《かば》いつつ日ざし明るむ街に出て行く
通り雨降る束《つか》の間《ま》に窓に来て睦《むつ》み合いたり小鳥のように

木馬

中天に夏の木星光増しわれ一人にて文学史読む
洗い髪乾かぬままにまどろめば風に吹かれて丘に佇《た》つ夢
くちづけを交わした椅子は飛ぶことを忘れた木馬頬杖をつく
はたちなる君が花よと母言えど下宿は寒し薔薇の花買う
ラジオからラインを渡る風流れ冬の下宿の窓吹き抜ける
かじかみて操作手間取るワープロのブラウン管に未知の語並ぶ
人形は抱くに小さし抱きしめているのは半分自分のからだ

風花

告別の電話の奥に聞こえしをひとり聴きつぐショパン「葬送」

私をなだめすかせる賢《さか》しさのなければ君の受話器は無言

うつむきて本読む君のかたわらにありし孤独を今いとおしむ

きまじめな若さを君と分かち合い果てなく傷つけあいし夕べよ

夕立に濡れる敷石踏みゆけば君の面影散らばりて見ゆ

風花って知っていますか　さよならも言わず別れた陸橋の上

机に向かう人の影射す窓仰ぐ　君のソーニャはもう見つけたの

わからないと繰り返しつつ抱きしめたあの日の答えは見つけましたか

透明な鏡（巻末エッセイ）

〝やさしさを武装する人〟と呼ばれたことがある。それが私にふさわしい呼び名かどうかはわからない。子供の頃から背が高く、大人びて見えた私は、自分の感情をあからさまに表に出すのは恥ずかしいことと思いこんできたようだ。人前で泣くのは男らしくない、と多くの男性は教育されるらしいが、私は二十歳を過ぎるまで、人前で泣くことはほとんどなかった。

そんな私が、自分の一番秘密にしておきたい恋愛感情を題材とする相聞歌を作るようになったのはなぜだろうか。朝日新聞の短歌欄に相聞歌が載るようになってしばらく経った頃、自問自答したことがある。

私は少女の頃から作家になるのが夢で、詩や物語をずっと書いてきた。でも、二十歳を過ぎて恋愛を題材にして作品を作りたいと思ったとき、現代詩ではちょっと無理だなと思ったのだった。

恋愛感情を素直に相手に伝えるには現代詩は冷たすぎる、というのがその頃、私の感じたことだった。現代文学は、他者とのコミュニケーションは可能かという表現上の疑問を抱えた苦悩の上に成り立っている。だから他者に呼びかける時には、どうしてもその疑問や苦悩が表出されてしまう。現代詩はストレートに恋を歌いあげるのには向かない、と当時の私は考えていた。前近代のしっぽをひきずっている短歌ならそれが可能なのではないか……。いつのまにか私の中には短歌形式に対する期待感が芽ばえ始めたらしい。

そうして、私は新聞に相聞歌を投稿するようになったのだが、返歌が返ってくるというわけではなかった。友人たちに「転んでもただでは起きない」と言われながらも、恋をしては振られるという繰り返しの中で、懲りずに一人で相聞歌を作っていた。呼びかけに対して答えがあってはじめて相聞なのに、これでは私の一人よがりにすぎないのではないかしらと落ちこむこともあって、呼びかけても答えてもらえないという不安の中で歌を作っていた。

ところが、あるとき、読者の一人から「あなたの相聞歌を毎週楽しみにしています」という便りが届いた。意外なことだった。まだ社会に出ていない若い娘の相聞歌など、日々の暮らしに忙しい人たちには反発こそあれ、共感はしてもらえないだろうとなぜか思いこんでいたのだった。その後、アマチュアの短歌大会などで、愛読者ですと名乗り出てくださる人たちがいて、一人のために呼びかけた相聞歌がたくさんの人に受けとめられていることを知った。

相聞歌はまた、インテリくさい女というイメージから私を解放してくれたような気もする。以前、私に対して「あなたのように理屈っぽくて食えない女は恋なんてしないんだろうね」と言った人がいた。また「付き合いはじめる前は化《ば》け物だと思ったよ」と正直に言ったボーイフレンドもいた。親しい友人はともかくとして、これまで出会った人たちの中には、私が恋の歌を作っていることを意外に思う人たちがたくさんいることだろう。相聞歌のおかげで〝恋多き女〟というイメージができると、これまで知らず知らずのうちに自己規制してきたものが、のびやかに自由に生きられるようになって、自分の中に眠っていたもう一人の自分をめざめさせたように気持がよかった。

相聞歌は、私にとって自分の心の中を恐ろしいまでに映しだす透明な鏡のように思える。読者によっては、私の相聞歌すべてを本当のことと考えたり、全くのフィクションとみなしたりして、それぞれの感想を教えてもらうのはとても楽しい。読者がいて、何か言ってくださって、それを聞いて私はまた創作意欲を駆り立てられる。これからも読者を驚かせる作品を作りつづけることができたら、というのが私の願いだ。

今日、私のところに、はじめて相聞歌が送られてきた。もっぱら送り手であった私には初めての経験だ。ここにまた新しい対話が生まれたことがとても嬉しい。

一九九一年四月一日

水の乳房

第二歌集

I

世界の果てでダンス／十二月の水／死の棘／ナプシャル・フライト／花束／双頭の巨人／あけがたに追われて／馬路村／ミントの鉢植

II

押し照るや　枕詞のほうへ／こわれたピアノのための連弾用練習曲　江田浩司の俳句と

III

夫婦別姓／看板教授／小権威／雌雄の視線／静物画／寒い世紀／桜降る夜／静かな流れ／春が近づく／「少しばかりのよいこと」（巻末エッセイ）

I

世界の果てでダンス

夭折《ようせつ》とすれ違いざまキスされて危うく生に引き戻される

詞華集を編むは楽しもまず死というテーマの歌がびっしり並ぶ

読みさしの『ホモ・モルタリス』あらかじめ他人の死しか死ねない不安

三枚におろす魚の血の匂い生きる喜びはこんなことにも

蒼穹《そうきゅう》の死者に耳あれ木枯らしに身をふるわせて泣くヴァイオリン

ハムレットと書いて逝《ゆ》きたる永遠の生の波打ち際《ぎわ》の討死《うちじに》

頰寄せて火を見つめおりヘアトンとキャシーのような幸福もあれ

チェロを抱くように抱かせてなるものかこの風琴はおのずから鳴る

ニヒリストと言われてそんなものかなと眉間《みけん》をつなぐ毛を撫《な》でてみる

今頃は「世界の果てでダンス」する友よ恋にも出会わずに逝《ゆ》く

死後届く注文済みの研究書使って下さいと亡き友の母は

出版祝いに君のくれたるアップルティー開けないうちに形見となりぬ

研究の話題に限り打ち解けた仲だったこと悔いの一つに

約束の新人賞の論文を書く気負いのみ上すべりして

残された論文整理に集まるも就職、留学ちりぢりになる

生前のままの机に開き置くシルヴィア・プラス「ラザラス夫人」

死を予測することもなくて死んだのがよかったかどうか今もわからぬ

亡き友よ生き延びてほんの少しだけ賢くなったと言えば笑うか

わたくしが去る時までに幾度着る喪服か夏の風に曝《さら》しぬ

十二月の水

わたくしをママと呼ぶのは水の音匂いも色ももたぬ抽象

わが子とも思えぬものが夢に立ち「早く形にして」と甘える

「今度また連れに来るから月の夜いつもの場所で待っていなさい」

ひと思いに殺すやさしさ生命《いのち》産む水も凶器となる今朝《けさ》の冷え

十二月の水に沈んだ乳母車　犬の死骸の目があいている

急いではいけない死んでしまうから魂の奥で息切れがする

埠頭《ふとう》に立つ人や子犬の背をかすめ滅びに向かう海岸列車

自転車のサドルがみんな盗まれる月煌々《こうこう》と風のない夜

〈ロバート・メイプルソープ写真展、二首。〉

神という虚構で人を刺すごとく照明としてそこに死を置く

灯明をあげるかわりに花束に銀のナイフを忍ばせておく

一枚の写真といえど手触《てざわ》りを言葉に変える前に翔《と》び立つ

固ゆでの卵の中に鮮血が　剃刀《かみそり》で書くアゴタ・クリストフ

幻視者は死者を呼び出す『ジェイン・エア』佳境のロマン主義への警告

流れ雪詩人の髪に降りかかる荒野は教会と思う日暮れに

死の棘

入院の日を待ちながら君と来て五月には咲く薔薇を見ている

恋を得た褒賞《ほうしょう》としての病かと問えばたちまち君さしぐみぬ

愛情を確かめたくて君をまた泣かせてるんだ異常を告げて

乗り越したほどの動揺は認めたくない涼しい顔で次の病院へ行く

虚無の花ポケットに挿しシャンパンを一口飲んで死んだチェーホフ

死後出会う作者ばかりが懐かしく賑《にぎ》わう宴《うたげ》半ばに帰る

君の詩を口を窮《きわ》めて罵《ののし》るということもなくやさしこの恋

メタファーとしての生死をなめている詩人の窓をよぎる月影
君の膝に乗ったまんまで『死《し》の棘《とげ》』のビデオ黙って見ている夕べ
硬質の比喩もてわれら切り結び辞典の上に折り重なりぬ
ディーリアス、君と私の幽明《ゆうめい》の境を越えて轟《とどろ》けよかし
文学は冷たく広大なる渚ひっかいたあとを残して死にたい
読み捨てた歌集の山に火を放つ言葉よ熱い翼をもてよ
清浄な病室に語彙《ごい》は不足して歌うそばから息つまらせる
取りあえず仮縫をした皮膚まとい王女のごとく生家に帰る
飲みこまれそうな青空　死後残ることもどうでもよくなっていく
車両ごと死へ突き進む地下鉄と思い楽しく病舎に戻る
生み落とす言葉さやかに匂いたち等身大のあなたに変われ
くちづける前に眼鏡《めがね》の触れ合いて夜の病舎の空気ふるわす

首の折れたスワンのケーキを選びたる私も少し壊れて眠る

ナプシャル・フライト

さびしくてタンスを抱いていましたと書けばすぐさま会いに来るひと

薔薇抱いて湯に入ろうとしたけれどバスタブ狭く二人あふれる

めぐりあう偶然を当然のものとしてすっぽりと君の腕に抱かれる

理知にすぐ傾くおまえ諍《いさか》いて星雲状にもつれるシーツ

明け方にナプシャル・フライトから戻る君ゆるやかに我にもたれて

わたくしが男で君が女でも不思議ではない風に吹かれる

無彩色の世界にかかる白い虹はるかに照らせ婚約の月

甘やかな痛み伴う幸ありて君あてのうた空に書きたし

カーソルの動きの鈍くなる頃に君につながる歌が目覚める

わたくしの延長のように見えながら不可思議の詩を孕《はら》むあなたよ

たおやかな人の口から飛び出した「嫉妬」という語的《まと》をはずせり

祝福の雨に打たれて「屋根裏の狂女」を知らぬ君の明るさ

足早に人々通り過ぎてゆく町の画廊の君との孤独

かいつぶりくるりと水に潜《もぐ》るまで追いつ追われつ暮れてゆく夏

君と住む部屋を見にゆくTOKYOと思えぬ緑多きあたりに

ぬばたまの抜き差しならぬ対決を婚姻《こんいん》と呼ぶ人もあろうか

ゆっくりと婚姻色に染まりゆく私を包む君もみどりに

あたたかき潮満ちる夜は総身の微熱くまなく君に吸われる

花束

毎年が「驚異の年」か別人のような去年の暮れの泣き虫

できるなら誰より綺麗《きれい》な新妻《にいづま》をやってみたいが役不足です

夫を指すゆかしき名前募集中「亭主」は嫌いまして「主人」は

「わたしよ」と言えば直《ただ》ちに開かれる扉の向こうスープが匂う

バレンタインデーの花束取り落とす戸をあけられたとたんのくちづけ

買った本を獲物のように見せに来る私の愛した男はみんな

美しき妻にあらねど盗まれていないかどうか深夜の電話

結婚してはじめてあれはセクシーな男だったと知る恋もある

温かい頭皮にそっとくちづける中年だなんてうそぶくあなた

今日いかに他人の言葉を盗んだか分捕《ぶんど》り品《ひん》を見せ合う夕べ

スヌーピーのエプロン送ってくる生徒「先生の奥さん」を知らない

機関車が近づくように走るペン新しい君の小説のはじまり

主婦向けの甘いワルツが翻《ひるがえ》る午後のラジオの眠そうな声

妻となる前のあなたに出会いたし和泉式部《いずみしきぶ》のように奔放

薄い壁ドンと一突きお隣のパープー夫婦がうるさくってさ

遠くから何か叫んでいる声が近づいてきて玄関で寝る

酔っ払いは部屋にいれない懐かしい本に抱かれて今日は寝るから

自分だけホットミルクを飲む夜のおまえ逆巻《さかま》くきりぎしの上

スタンドの笠を壊して往生す君が実家に帰った翌朝

手を放し先頭歩くなぜ君があざみを買ったか聞いていないな

双頭の巨人

蜜月《みつげつ》は水たまりから跳《は》ねてきて鍵盤上を転がる子猫

うっとりと窓の水滴見ておりぬ私の誘う日はいつも雨

わがままな子が笑いつつ砂糖菓子一気に崩すような幸福

同志《コムラード》、君を育てる楽しさに子作りなんぞ忘れてしまう

子供など生まれなくても眠っている君の額に子供は宿る

病弱な妻と呼ばれて巣ごもるは暫《しば》しの雌伏《しふく》、明日は前進

前世では君は柴犬わたくしは歌う月夜のでんしんばしら

「岩戸から出てきた神が包丁で刻むみたいで見ていられない」

性差という切り口をもてぴったりとつなぎ合わせし夫婦なるかな

『嵐が丘』をはじめて開く喜びの君を羨《うらや》むわれは研究者

おしゃべりな王子ひとりを眠らせてジョルジュ・サンドのごとペンを執《と》る

夢を喰う夢を見ている双頭の巨人のごとし君と私は

神経症、病的という文字ばかり並ぶ小説論を閉じたり

五十音逆さに登るなめくじによく似た性をわれは持つなり

わたくしの中に蠢《うごめ》く不機嫌の虫には餌を与えずにおけ

トルコ石のピアスつければ振り返る鏡の中のフリーダ・カーロ
転調の後なだれゆく終曲は雨降りしきる墓地の祝祭
まちがって口をつけたら狂うかも知れぬ器《うつわ》に身を沈めゆく
たまさかに夢に襲いくる闇さえも縁取《ふちど》りをもつ君を得てから
朝戸出《あさとで》の背の輝きを見てくやし昨夜《ゆうべ》あなたを抱かなかったこと
アパートの階段の下に君とわれ抱き合う形に自転車を置く

あけがたに追われて

生きものの気配にはっと身構える煮えたぎる鍋踊る鶏卵
すみやかに身体《からだ》離して立つ厨《くりや》塩水で血抜きしてゆくレバー
ほっそりとしたるかますの腹裂けば思いのほかに臓物多し
はらわたを抜き取って血を洗うとき前世は魚のような気もする

やわらかい虚無に流れていきそうな身を投げる水決めかねている

水死する予感に満ちる屏風絵《びょうぶえ》の波濤《はとう》さやかに射す光あれ

夢の中も花の降る午後ブランコに乗る霊として亡き友還る

「丸儲《まるもう》けの生」といえども恐ろしいことはこれからいくらでも来る

私という個の消滅に耐えてみよロマン主義者の引きずる鎖

脳死という死のあるときに老いと死と病の歌は駄目と言えるか

可愛いと言ったあなたは土の中たぶんもうじき芽を吹くだろう

欲望を使い果たして萎《しぼ》みたるスカート吊す夜の書斎に

あけがたに追われて死んだ人たちに背中押される　始発はまだだ

馬路村

三十歳で祖母は戦争寡婦《かふ》となり腰まで届く髪梳《す》き上《あ》げた

遺族会がいつか自民党に化けていて総裁選挙に祖母は出かける

「ところにより雨」なら必ず降るあたり高知県安芸《あき》郡馬路《うまじ》村

声低くかつての存在を主張する戦場からの祖父の絵はがき

梅の木の下でリュックをぶら下げる三十五歳で死んだおじいさん

ニューギニアに散らばる骨という比喩と紛《まぎ》れもなくこの一人の筆跡

真夜中に通り過ぎたる死の島に沈んだはずの戦艦の影

急いだらまだ間に合うか世紀末キャリバンの花嫁になる夢

いつも必ず子供のいる家はじめから祖父の席などなかったような

あえてその席を探せば仏壇のとなりに掛かる靖國《やすくに》神社

国籍を取ればもれなく特製の毒ガスマスクがあなたのものに

ミントの鉢植

赤茶けた稲城《いなぎ》の崖をドーヴァーの崖に見立てて朝夕通う

教授会のノリで乗るバスうるさいと沿線住民に叱られている

たちまちに湿るシリカゲル海遠き丘なれどここを坂浜と呼ぶ

馬の背を分ける雨だね吹抜けのひとところ白く雨が降ってる

こわもての教師なるべし質問に来た学生もあわてて帰る

はじめての研究室に月の射《さ》す夜もあれミントの鉢植を置く

セクシストと呼ばれてもたぶんわからない困った奴が同僚にいる

何となく変だったのに聞かなくてごめんね身近にあったセクハラ

偉大なる暗闇のごとき先生から『王女メディア』のビデオが届く

〈米国留学から帰国した友人のために、二首。〉

インテリほど巧妙に隠す人種差別《レイシズム》「女性学講座」の醜き部分

米文学専攻を選んだ日の気負いホイットマンのアメリカはどこ

英語で話すほうが素直になれるのはミワと呼ばれるせいかもしれぬ

早世《そうせい》の友によく似た若い講師結婚もして子供も産んで

フィアンセを置いて留学したという女教授は今も英雄

「学問中」と研究室のドアに貼り姿を見せぬ一講師あり

新人ともてはやしてから五年たち彼女の遺稿を学会が拒否する

「使用済み核燃料」と書く箱に修士論文草稿眠る

II

押し照るや　枕詞のほうへ

鏡なすわが思《も》ふ夫《つま》を呼び出さん携帯電話に手をかけてゐる

風の音《と》の遠きあなたへ飛ぶ鳥の早く来てよと受話器に叫ぶ

赤らひく色妙子《いろぐはしこ》と呼ばれても何のことやらわかりませんな

しろたへの衣更《ころもが》へとは言ひながら女子行員しか着ない制服

送り出す朝のキッスは押し照るや難波《なには》の叔父が伝授したもの

たとふればわれら秋葱《あきき》のふたごもり籠《こも》りて苦き文学を産む

あに、いもと呼び交はしつつつぼすみれ摘むとき罪といふ語生《あ》れたり

ししくしろ黄泉《よみ》にも耳はあるものかレクイエムさへ現世のひびき

スエヒロで婿《むこ》と舅《せうと》が酌み交はすうまさけ美和を扱ひかねて

女子大生たむろするべきいなふねの稲城駅とは何もない駅

百合若《ゆりわか》は遠い希臘《ギリシヤ》のさゆりばな『ユリシーズ』まで遡《さかのぼ》れるか

ちはやぶる神もかくこそ天飛《あまと》ぶや軽々とわれをさらひし人よ

グルメとふこの若造めいすくはし鯨を高級料亭で喰ふ

うづらなく古家なりとも買ひたしと『週刊住宅情報』を買ふ
走り出すダックスフント朝羽《あさは》振る風に引きちぎられさうな耳
あをによしアラブの兵器見本市に宇宙人が紛れこんでいること

こわれたピアノのための連弾用練習曲　江田浩司の俳句と

O person from Porlock come quickly
And bring my thoughts to an end.
——Stevie Smith

芸術の目的は、人間に死に対する準備をさせることである。
——アンドレイ・タルコフスキー

青葦原《あおあしはら》——俺に翼が生えてゆく
病院のベッドで空を飛ぶ夢を見たままあの世へ行っちまったら

棉《わた》の飛ぶ季節に吊らん俺のユダ
画家ならどこまで自由だろうか詩人だって空を飛ぶのは命がけだよ
夢の中に青空の首しめにゆく
飛び降りたばかりの崖にまた登る締切《デッド・ライン》の日が近づくたびに
陰茎に花咲く姉の忌日《きじつ》かな
色はやさしいパステルなのに君の絵に買い手がつかないまま三回忌
滅びたる幼名のごと朴芽《ほお》ぐむ
ほとんどの絵の題が無題ほんとうは俺の名前も無にしたかった
われを刺すわれの少年桜桃忌《おうとうき》
これがおとうさんの顔という絵を笑われた小学生に嫉妬している
首のべて肉屋をのぞく妊婦かな
時計にも柱にも目が二つずつ絵筆を握る俺を見つめる

泣きぬれて昼顔は咲く脳髄に
おまえらが名づけるたびに少しずれメタモルフォーゼまだ生きられる

春の小川顔を運びて流れゆく
向こう岸には沈黙がありこちらにはひび割れた鏡のような言葉が

隠微なるささやき葦に血はめぐる
降りはじめた雨に合わせてひそやかに部屋に入ってきた男あり

新樹かがやく帰りて妻を抱かな
招き寄せる君の腕さえ冷えわたり家具の一部となりて抱き合う

湖心を目指す白鳥は白き炎かな
文学バーで片っ端からなぎ倒す二人なら怖いものがないふり

夕焼けの瘢痕《はんこん》鞭を打ち鳴らす
死んだのは昨日のわたし埋葬した詩稿掘り出す夜明けの夢に

鶏姦《けいかん》の男の鼻や油照り

わたしが俺でおまえが君さ、果てしないオーランドウのような転生

耳のごとき蝶をくわえしモダニズム

よっぱらったらっぱみたいに吹き鳴らす「饒舌《じようぜつ》をもって／敵を圧倒せよ」

藁《わら》くずが俺のへそからのぞきおり

きまじめになるほど俺は滑稽だ笑わせておけ笑わせてやれ

時間よ時間よ青葦なびき

わたしがここを去るときたぶん君も去る祭壇に灯す二つのろうそく

〈連弾練習のあとに〉

冒頭の一節は、英国の詩人スティービー・スミス（1902-71）の詩「ポーロックから来た男について の考察」より。「さあ、ポーロックの人、早く来て／私の悩みにとどめをさして」。詩人コールリッジは自分の詩が未完に終わったのを、ポーロックからの突然の訪問者のせいにしているが、スミスはこのポーロックの男を、詩想を中断させるだけでなく、この世の悩みや苦しみを終わりにしてくれる存在、すなわち死として歓迎する。ただし、彼女の口調はあくまでも明るく、英国人らしいブラック・ユーモアにあふれている。

前半の画家のイメージは、東京・新宿の百貨店で回顧展のあった、三十二歳で自殺した画家難波田史男の絵に負うところが大きい。

大田美和

タルコフスキーの映画を見たことが、僕にとっての詩的なエポックであった。特に水のイメージは、僕の内部に流れる小さな小川を幻想させ、言葉によってその川を探し求める旅につかせる。未だに川のほとりに出ることのない索漠たる僕の流離は、自虐的な矜持をただよわせている。なんて嫌らしいのだろう。結局タルコフスキーの映画にだけ意味があるのだ。

僕は短詩型によって自分を吊したい。

江田浩司

III

夫婦別姓

離婚届を出しちまおうか大学での旧姓使用を否《いな》と言われる

通称は不可、戸籍名を書けという書類どこにも私がいない

研究とひとつながりのフェミニズムぶっとばされて震え止まらず

「〈大田美和〉が好きなんです」とやわらかく言わねばならぬ夫婦別姓
清濁《せいだく》を合わせ飲めないから詩人、研究者だがいつまでの固持《こじ》
「永久に〈大田美和〉でしょ」桂さん、その自然さが好きなんだなあ
あの人もやむなく折れたと先例にされるのだろう今肯《うべな》えば
女性蔑視《べっし》に始まる夫婦別姓を自慢している韓国の友
大田宛の郵便物のいちいちに江田方と記す局員あわれ

看板教授

さざなみのようだと私語を聞いている「ホテル野猿」の見える教室
「えんどう豆の上に眠ったお姫さま」大学生を大いに笑わす
北向きの窓にぶつかる雨ほどの手応えもなし月例会議
疎林《そりん》にもほころぶ花はあるかしら泣きたいような大学図書館

他人の不幸は蜜の味だと揉み手して人相の悪い伝記屋が来る

「資料映像」までチェックして最近の世界のことは知ってるつもり

「明朗なお嬢さん」という評価こそ怪《あや》しからんや女子大入試

入試の日は風邪で会議は腹痛で休講が好き看板教授

丘の下の鉄工所のみ暮れ残り三つある窓の青光りする

直通電話の番号教えてやるもんか「欲を言えば」が口癖の奴

プリンでも食べませんかと言うように不倫しようと誘いがかかる

不機嫌を覆《おお》うマスクに近寄らぬ心やさしき同僚ばかり

いつまでもバスの背中を追いかける送電線の上の半月

羽根のある猫を金魚が追う雲を駅のホームの谷間からみる

『ワイルドフェル・ホールの住人』の呪いだと熱の夜論文の題がささやく

女流って気持ち悪いなやめてよね　からめとろうとする手をはたく

古書肆《こしょし》から届く萌黄《もえぎ》の処女歌集狭野茅上娘子《さののちがみのおとめ》のような

汚職事件をお食事券と変換するワープロ急に可愛くなりぬ

裏切れぬ係累《けいるい》がいて詩から死へ飛びこむ肩をつかんで放さぬ

小権威

尹伊桑《ユンイサン》訪韓許可と小さな記事朝刊にありて四月はじまる

李御寧《イオリヨン》文化長官と今朝《けさ》知りぬ学者交じらぬ日本の組閣

失言でまたやめるというシナリオに慰められて組閣見ている

小権威といえどもおもちゃの兵隊の暗殺団に号令をする

いっしんに兵器を描く子公園に墓を掘る子の隣にすわる

君が手を下さなくても飢えに泣く子供はシステムが運び去る

イデオロギーと造形美との微妙なる結婚と言わば丸木《まるき》位里《いり》、俊《とし》

官能と政治をなめすブルガリアン・ヴォイスの中のモリー・ブルーム

前衛のコノテーションを言って見ろ神聖ニシテ侵スベカラズ

ああ歌人薄命にして伝統の存命中は敬意を払え

赤鉛筆をもって私が詩を裁く椅子あり膝の形した椅子

たとえ足をすくわれたって気づかない怖れ知らずのこの馬鹿者が

新鋭は芽吹くそばから腐りゆく花壇に淀む水に溺れて

流通しやすい語句のみ拾い進みゆくシンポジウムにあくびしており

顔見知りばかりが集《つど》う村祭り不時着したる火星人われ

留守番電話に歌人と名乗った悔しさの尾をひきながらみぞれ降りくる

ざんばら髪のままで銀座にたどりつき粋な詩人に引き合わされる

雌雄の視線

女もまた人間と知る真昼より彼の詩才のゆらぎはじめる

彼の詩につねに集合名詞としてあふれる女、魔女と妖精

サン・シモンの定義と今の「前衛」のあわいに置くか奴のともしび

性差とは土瓶《どびん》の首とそそぎ口の穴に分かれる雌雄の視線

世紀末を火事のごとくに言いたてて明くる世紀はお祭りかしら

ソーダ水のごときという比喩なつかしきレディース・コミック滴《したた》る唾液《だえき》

崩れたる下宿の壁の本棚で少しずつ腐りたる戯曲集

言うなれば狂った信号いつまでも待つ忍耐さ四時間映画

炎天下白いレースの帽子かむり健康雑誌を配る奥様

甘栗の真空パックに貼りついた栗割り器という桃色の爪

二日酔いひょいと羽織って帰る朝ＰＯＳＴの文字がＰＯＥＴに見ゆ

ヤナーチェク短き主題くりかえし兆《きざ》す殺意に立ち止まりたり

静物画

見たものは言葉にするな絵の前でそっと踊るか交わるしかない

いま不意に踊りたいのはわたしだけ展覧会の光る床板

手は燃える剣《つるぎ》うっかりさわったら瞳の中に溶けてしまいたい

大天使まっ逆さまに落ちる夜　壁に翻《ひるがえ》るスーチンの鴨

静物画の背後に必ず月を吊るレンブラントに祟《たた》られながら

フォートリエそっぽを向いた肖像は月にも男にも見えるけど

顔はいつもレジェの顔だが大好きな人には鳩と花を抱かせて

昨日すわった人が恋しいソファーです気にかかる夢ばかり見させて

別人になった出口に待ち合わせをしなかったはずの君が来ている

君の詩はゆりかごの中まず手から温かくなり無心に眠る

寒い世紀

海峡を渡りしは夜ラジオつけてはじめて時差を知る一人旅

「良心の共和国」から帰国するシェイマス・ヒーニー他者への視線

“Digging”《（掘る）》は父祖への手紙北アイルランド詩人の大きなてのひら

ロンドンは氷雨《ひさめ》おまえが恋しいと漱石は書く妻への手紙

辛うじて応えてくれる友ふたり寒い世紀の変わり目にいる

スティーブン・グリーンを過ぎてブルーム氏雨の来そうな空を見上げる

世界苦という言葉から遠く文学史に空白の時占める世代か

世紀末結婚制度の夕暮れは青ざめたままなお暮れ惑う

ミニマリズムの時代を撃てと黒白の伐折羅《ばさら》大将の絵はがき届く

手袋が裏返されておとなしいほうの私が歩きはじめる

マレー語はモスクの屋根をスコールが叩くリズムで「着陸します」

桜降る夜

花束を鞄に隠して逢いに来る男ごころになれば楽しも

少年の彼をふわりとさらいたるピーター・ブルック桜降る夜

道化師と女のボートを追い越して同じ愛撫にわれも揺らるる

花陰でキスされたとき吸いこんだ花粉に今朝になって苦しむ

雄弁に惚れてたちまち翻《ひるがえ》る一人とならんプロムナードへ

ダ、ダー。ダ、ダー。ダ、ダー。ダ、ダー。ダ、ダー。ブランク・ヴァースの中でお昼寝

プーシキンに見せたかったよタガンカのコーラスによみがえる民衆の歌声

コースチャと暗い岸辺に立ちて呼ぶさざなみはタガンローグに届け

群れは主役を生んでは回収する装置　ロシアにつづく僭称者《せんしょうしゃ》たち

さわらびの春と思うに白い手のイゾルデの膝ぬらすさざ波

オックスフォードの夏につながる雨の窓ジュードを右にスーを左に

「新しい女」になれぬスーよりもあるいはわれは埋もれ木ジュード

ネグリジェを引き裂き前夫に恭順《きょうじゅん》を誓ったスーの死んだような生

死にかけたウサギを楽にしたスーをゆっくり殺すトマス・ハーディ

穏やかなマルキスト彼の真摯《しんし》さを英国人はreligious《(敬虔な)》と言う

ジュードよりスーに議論は集中し銀星寮の夜は更けゆく

静かな流れ

夢で子に乞《こ》われるままに与えたる乳房ひやりと皿に盛られて

ある朝、わたしの細胞が許可も取らずに自殺を計る

階段から落ちてうずくまるその間に魔に逢ったかもしれぬ三叉路《さんさろ》
あるときは棺《ひつぎ》に深くしまわれる吾を見る君を思いつつ抱く
ラブレーに笑われながら繰り返す「背が二つあるけもの」の遊び
触角をつけても羽根を生やしてもきっとあなたを見つけてみせる
ごつごつした岩のようなるわたくしをやわらかく抱く君こそ不思議
なお生きてまぼろしの卵に走り寄る精子の群れはうすあかりして
愛妻の病気平癒《へいゆ》を祈りしは動物供養塔なりしとぞ
わたくしの席はありますか君がゆく亡き祖母と犬たちのいる国
饒舌《じょうぜつ》な君の小指が歌い出す梅雨明けまではゆっくり眠れ
脇をゆく静かな流れの深さかな嫉《ねた》みの岸をふるわせながら

春が近づく

光や水のはじまるほうに手招きす「来るならおいで、急いでおいで」

雨上がりを知らせるような明るさはモーツァルトを奏《かな》でるリヒテル

ことりとも聞こえない『ジャン・クリストフ』冒頭で聞いたはずのはじまり

今朝の授業で窓から逃がした百足《むかで》より小さな命を孕《はら》むと告げず

想うべし豊玉姫《とよたまひめ》の鰐《わに》の産千尋《ちひろ》八尋《やひろ》の海を跨《また》ぎて

百年前の私は産気づいた猫いばらの蔭でほそい息吐く

目をさますたびに触れ合うココシュカの絵筆が知ったようなよろこび

子を産んでアフリカに思いをいたすとはうそ寒いこの国のうたびと

一片の不安もなくて文学をたしなむ人の手はきれいだな

フェミニストとなりてラブレーを断罪す単純にして生真面目《きまじめ》な奴

本棚の最上段から抱きおろすまだ詩にならぬ動詞いくつか

ゆうべ君が捨てた言葉を巣に集めあたためている雨の明け方

ほんとうに変な夫婦だ食卓に朝からのぼる文学の皿

エアリエル、自転車にそう呼びかけて朝の風吹く農道を行く

グルメマップを見ながらつわりに耐えている美和が二倍に膨《ふく》れて見える

おどろおどろしきものらをしばし船倉《せんそう》にとじこめて十月《とつき》あまりの航海

つわるとは芽吹くの謂《い》いぞ下生《したば》えの緑今年は殊《こと》にまぶしく

星雲に抱かれて宇宙を飛んで来いエコー写真にとられたおまえ

食卓と流しの間ですれちがうからだとからだ春が近づく

「少しばかりのよいこと」（巻末エッセイ）

さしあたり痛いところも生活に不便なところもないのに、「悪い病気かも知れない。入院して検査しましょう」と言われた。五年前の早春のことである。その頃、私は恋人と結婚の約束をしたばかりで、入院とい

う言葉は幽閉というに等しく、病気よりもまず入院という言葉にひどくおびえてしまった。

病院のベッドが空くのを待つ間、恋人と毎日毎日東京じゅうの公園を歩き回った。異常がないとわかってすぐに退院できたとしても、今年の桜を見ることはできないだろう、どこかに早咲きの桜が咲いていないかしら——。だが、その年の春は遅く、東京都庭園美術館、旧古河邸、浜離宮……、どこへ行っても、つぼみはまだまだ固かった。

私が下宿にいなければ、ベッドが空いたという知らせは留守番電話のテープに吹き込まれるはずだった。入院は自分のからだにとって必要なことなのに、入院許可の電話を直接受け取るのがこわかった。

今では私は一歳の息子の母親となり、大学で専任講師の職を得て、英語を教えている。小さい子どもを預けながら仕事をするということは、思っていた以上に大変だが、たくさんの人に助けられながら、学生の教育という仕事のほかに、英文学の研究と短歌をつくることをつづけている。

二十代の終わりに大きな病気をしたことは、創作者であり文学研究者である私にとっては、僥幸であったと、取りあえず、言うことができる。それまで、重い病気の人や死者に対面することがほとんどなかった私が、生と死について本気で考えざるをえなくなった。ある意味では、遅すぎた体験だったとも言える。

しかしながら、現実には、自分のからだの危機にあたって、そんなに超然とできたわけではない。結婚したばかりの楽しい時期だというのに、一人でぼうっとしていると、私は早死にするのかなあ、といった思いにとらわれることもあった。病後のからだでは当分妊娠は控えなければならないということも、小さなかなしみの一つとしてあった。豆を煮たり、ひじきを煮たりといった料理を覚えることで気を紛らわせる日もあったのである。

その頃、読んで印象に残っている本に、ロシアの映画監督タルコフスキーの日記と、韓国の作曲家尹伊桑《ユンイサン》の対話形式の伝記『傷ついた龍』がある。

タルコフスキーの日記は、「ハムレット……? 腕と背中の痛みがなければ、化学療法で回復したと言えるのだが。しかし今は、何をする力も残っていない――それが問題だ。」という言葉で終わっている。このきまじめな監督が死を前にしてもユーモアを忘れなかったことに、勇気づけられた。私にはとても真似ができないけれども。

尹伊桑という作曲家のことは、短歌仲間のS氏が教えてくれて、来日記念の演奏会と講演会に私たち夫婦を誘ってくれた。無実の罪で拉致《らち》監禁され、国外追放されたこの作曲家も、ユーモアをけっして忘れない人だった。東洋人である彼が自分と西洋音楽の関係について語っていることは、英文学と短歌の結婚をもくろんでいる私には、興味深かった。また、獄中にあっても作曲をして心は自由だったという話に、今回の入院ではとてもそこまでの余裕はなかった自分のことを思った。尹伊桑は昨年病没、S氏も今はない。

病気をした結果、私は自分の人生で何ができるのだろうか、と改めて思った。たいしたものができないのなら、作らないほうがましと思ったこともしばしばだった。それでも、病気から出産までの間が、創作でも研究でも多産な時期になったのは、夫の励ましによるところが大きいが、結局のところ私にできるのはそれしかないとわかったからである。

「地道に努力すれば必ず報われる」と、私の運勢を占ってくれた人がいた。その時は、その言葉のありがたみがわからなかったが、今、よくよく考えてみると、私は少女時代の夢をほとんどかなえていることに気づく。欲張りでいろんなことに手を出しているために、どれも中途半端だが、それらすべてのことをやる機会には恵まれているのである。

二十九歳で病死した、十九世紀の英国の作家アン・ブロンテの最後の手紙にこうある。

「私はこの世を去る前に少しばかりのよいことをしたいのです。私には将来の計画がたくさんあります。つまらない、限りのあることではあっても、それらすべてが無に終わるとは思いたくありませんし、私の一生がこんなわずかな結果しか残さずに終わるとは思いたくないのです。でも、神の御心のままになるでしょう」

がむしゃらに生きることをやめられない私は、アンの澄みきった心境からはほど遠い。しかし、私も、いつかもう一度自分自身の死に出会うまでに、「少しばかりのよいこと」をしたいと、強く願わずにはいられない。

一九九六年三月三十一日　　マタイ受難曲をききながら

飛ぶ練習

第三歌集

I

生命

分娩／ハイホー／春愁／地雷／レクイエム　武満徹を悼む／うぐいす／聖なる夜／ウィスパースリム／新たな命／つわり／手話交わすように

II

身体

春、そして夏　←渋谷「東急東横店」屋上にのぼる。／←神保町、文銭堂地下喫茶「莉須凡」に入る。／←谷中のギャラリーで、詩人の北爪満喜さんと写真家の蓑田貴子さんの二人展「くつがえされた鏡筐」を見る。／←銀座のショウルーム「紙百科」で紙と遊ぶ。／←都庁「献血ルーム」へ行く。／←都電荒川線に乗って、鬼子母神前、雑司ヶ谷、巣鴨と辿る。

夏、そして秋　←北品川の「原美術館」で、「イメージの首飾り―現代イタリア美術にみる家族、政治、信仰のかたち展」を見る。／←初台の「東京オペラシティ・アートギャラリー」で、「汚名―アルフレッド・ヒッチコックと現代美術展」を見る。／←渋谷「東急文化村」で、映画「夏至」を見る。／←ヴェトナム貿易大学日本語科科長の講演を聞き、その後、私的なお茶会に出席。／←神保町タイ料理店「メナムのほとり」で、ランチを楽しむ。

秋、そして冬　←神保町「漫画喫茶」をのぞく。／←「旧新宿区立牛込原町小学校」の「セゾンアートプログラム・アートイング東京2001―生きられた空間・時間・身体展」で、デジタルPBXによるインスタレーションを体験。／←青山一丁目「英国伝統紅茶ケーキ博物館」に入る。／←「旧朝香宮邸・東京都庭園美術館」で、「カラヴァッジヨ展」を見る。

冬、そして春　←「シネマライズ渋谷」で、映画「リリイ・シュシュのすべて」を見る。／←「渋谷区立松濤美術館」で、「瀧口修造の造形的実験展」を見る。／←「セルリアンタワー渋谷東急ホテル」のラウンジで、お茶を飲む。／←「青山ブックセンター本店」内をうろつく。

III

両翼

最後のお産／海彦千尋、山彦千畝／火を迸る／大学と文学／夜光る虫／神　「宗教」というキーワードをもらって／詩と歌／豊穣の裸婦／しょっぱいミルク／バルトの海は／ジェンダーのシステム／私の翼／雑踏の中の亡霊（あとがき）

Ⅰ　生命

分娩

さだまらぬ胎児の意思に揺さぶられ「わたしは」という主語がぐらつく

〈子を抱かしょう〉産み落とすまで薄明の境にあれば決して触れるな

やわらかく重ねる夜具は霜を置くかささぎの橋きみ渡り来る

膀胱を蹴るのはちょっとやめなさい天地を知らぬ怖いものなし

雨だれに合わせて叩く三連符子宮の中から今朝を蹴り上げる

三人の男友達は母という文字に脅えて返事をくれず

されど Are you expecting?　朝露に濡れたつぼみのような囁き

赤い靴もうふた月も履いてないお前を容れたまま踊ろうか

詩作とはジェットコースターに乗る愉悦お前を抱いたままじゃ乗れない

そりかえり歩む花野に屈みこむ老婆のわれとすれちがいたり
おもちゃ箱に忍ばせるのは致死量に届かぬさそり毛虫の類
生まれなかった祖先の分も記された地図に異星の血も混ぜておく
分娩室は雨の冷たさ背後から抱かれるままに産みたきものを
分娩後もなお夜明け前この闇は死ぬ時に還る闇と同じか

ハイホー

ひんやりと小さな指があらわれて乳房の脇に明かりを灯す
抱き上げてほおずりしても人間のはじめは綿菓子のようにぐにゃぐにゃ
ワープロをつけっぱなしでハイホーと階下へ走る授乳するため
ほにゅうびん煮ながら礼状、書評書く　大統領にだってなれるさ
夜明け前のポーチに春の雪踊り母性ひとつが宙づりになる

好きなヒトと好きだったヒトが一階と二階に眠り春の雪降る

二人して胎内くぐりをしたことも忘れて君の今朝の間抜け面

私だけのゴールにわかに光り出す生命は次に手渡したから

ソクーロフはにかみながら「人が意志をもつときにのみ善は生まれる」

春愁

あたらしくおぼえるなまえがさわるたびおまえのネガが反転をする

ねんねこの紐をゆるめて青ざらし石鹸流したような冬空

だから手は鍛えておけよ血と泥は石鹸のほうがよく落ちるから

つぼみぐみ五か月の子のロッカーに「おかあさんありがとう」の壁掛け

園庭に夕べは重くなる木の実もぎとるように子を連れ帰る

春愁のひとつ名前のあることを知らぬ乳児のシャツに名を書く

稿料の出る仕事から片づける論文資料山積みのまま

さくらんぼのエプロンがママと決めている子供には子の理想像がある

ああ何度注意をしてもちぃくんは頬をひっかくジュンペイが好き

ゆうべ見た寝顔にとてもよく似てる反対車線の仔猫の死骸

地雷

鎧の下で声はくぐもるチェチェンにも吟遊詩人はいるのだろうか

血の復讐の掟より他にその文化を知らせず誰を利する思惑か

好戦的なクルド民族もサラディンという知将をもてり十字軍の頃

子ども一人に二個は必ず行き渡る蝶の形のすてきな地雷

あっけにとられて見たらいいのにあっさりと学生は寝る映画見せれば

イスラム風にけだるく流れるアヴェ・マリア授業中だというのが嬉しく

バス、電車、バスと乗り継ぎ自転車に乗る頃ママの顔になってる

交差点を渡るそよ風昨日から明日からおまえの恋人が来る

よもつひらさか転がり落ちても君も子も仕事も乗せて走る自転車

レクイエム　武満徹を悼む

抱いておろして洗って替えてしょうが焼きできるそばから喰う母われは

歩き疲れ眠りたる子を二人がかりでおろして寝かせて紅茶を入れる

眠る子にやさしきバッハ死と君と歩みし日々のようやく遠く

死に近き作曲家も聴く受難曲と知らず光の春を寿ぐ

死んだ男の残したふしぎな和音聴くまず「混声合唱のためのうた」から

若く病みて日に一小節をやっと書く出発は自らのためのレクイエム

死は彼の中に流れる音の河始まりもなく終わりもない

聴くたびに新しくわれら洗われて創作者の死をもはや悲しまず

フランス窓に立ちて世界のはじまりを見る子よ母はレクイエム書く

うぐいす

（長野県塩尻市で、中学生と短歌の交流会――四首）

くるぶしをくすぐる芝の露に濡れその露を詠む生徒が二人

走り去る車の窓から落とすから旅のこころはあとから帰れ

つたなくもわれも鍬入れし一人ぞと短歌フォーラム十年めの秋

崖の湯という名前ゆかしき幼子を連れて今度は泊まりに来ます

収穫を見に来た蝶も茹であげて終戦の日の食卓に盛る

そそくさと済ます検診早く出ればまるで寿命が伸びるみたいに

「宇宙について」を歌いし夏のペンライト引き出しの奥の恋人の骨

逢いたいひとには夢ですぐ逢える逢ったことを逢ったあなたは知ってるかしら

あけがたに夕立は来るさわられて嬉しいひばり天に突き刺す
木から木へ渡るうぐいす異国から帰ったように迎える愛撫
あきらめてネグリジェを閉じる指先を感じるままに眠りにつきぬ

聖なる夜

短歌誌など置いてないよと嘲りし渋谷ぱろうる店じまいせり
裏庭の羊歯の根っこは欲しいまま恋した頃の奔放な髪
ここに橋を架けたい思いを易々と遂げてもリアルな画家と呼ばれる
美術館から帰ったことは子に内緒たまご焼き今日はふんわり焼けた
ツェッペリンかけて踊れる子と見れば口は「アイアイ」と動いておりぬ
（ターハル・ベン＝ジェルーンの小説『聖なる夜』に——三首）
たっぷりとあふれる水をくぐりくぐり泳ぐ充実『聖なる夜』を読む
女性器切除の陰惨の前にかろうじて悦びの夜の記憶は残る

起きてすぐ夜の思索の是非を問う今朝は私があなたみたいね

ウィスパースリム

学会に行きたしと思えど学会に託児所はなしプログラム来る
「出張費は半分ですよ」ミルク飲む子のためとんぼがえりの大阪
あかねさす経血にしばし見とれたりハンカチをあてて座席に戻る
明太子の赤にらみつつ売店にウィスパースリムはないかうろつく
ああ一番若造なのにお歴々を待たせて最後に入るわたくし
四十歳で単著を出すのが夢ですと三歳ばかり謙遜をして
質問も意見もなくて壇上を降りるむなしさ東京に帰る
自信家の言いっぱなしの後味は柿の葉ずしの乾いたはっぱ
水をくぐったさかなのようにあなにやし、えをとこ君はすべての男

産むと決めて今日は言葉の市場から葬儀場まで隈なく歩く

頭の中をのぞく怖さにゼラチンで作った帽子をかぶせてみせる

新たな命

教授会から帰ってみればゴムまりになって舗道を転がっている

やわらかい水のてのひら団栗が突き刺さっても何も言わない

甘く見て吐くまで泣かれ午前二時洗濯機回しながら本読む

妻であり母であるとは誰のこと女でもなくひたすら私

あてどなくベビーカー押す憂鬱な詩の産卵を君が終えるまで

何もかも手に入れたくてわたくしは一生懸命のんびりしてる

嗅覚は万の瞳を開ききる小さな胎芽一つのために

確信犯ですと告げればおめでとうも言ってくれないこの産科医は

われながら訝しきまですみやかに新たな命に向かう心は

思いつくかぎりの唄ではらごと千尋と嘔吐寝かしつけたる

つわり

三十キロ道路を百でぶっとばす吐き気こらえる飴なめながら

煮干の臭いも厭だと言えば笑われるだしは取らずに振り入れるから

育休を告げれば勤続年数が減るねと心底同情される

九十分の授業に耐ええずトイレだの電話だのに立つ子らを教える

世渡りを教えてくれてありがとうパセリを必ず残すおじさん

出る杭はと言いたいんだろその槌で打てるものなら打ってごらんよ

夕食後は一人二階の寝乱れた君の布団に嘔吐を抱いて

もっともつわりに苦しんだ日の稿料は追加納税のために取り置く

階下から君と千尋のやりとりと食器を洗う水のはねる音

「こどもたち」とはじめて言えば新しく不思議な響き一夜愉しむ

乳頭に白いかさぶたスリップを脱ぐとき君に言われて気づく

手話交わすように

さしかわす言葉の中にも向かい合うビデオの前にもさやぐ官能

差別語のさらさら晒しつくされて「馬鹿に刃物」と誰も言わない

励ましてカーテンの裏にしがみつく蟷螂の子を風に放てり

嵐の前の産科の緊張をふと話す死ぬ友と知らず見舞う帰りに

頬にふれる風と光のよろこびのためいくたびも生まれるだろう

「子育てはシジフォスだよね」けしからぬ父母にはもったいない子の寝顔

夢に驚く子を背に負いて臨月の丘にのぼれる月を見上げる

マケドニアに雨が降るまでスクリーンの光の中で交接をする

（テッド・ヒューズの詩集『誕生日の手紙』）
ヒューズとプラスの記事のコピーを持ち帰る夫婦といえど今も恋人

交代に抱く詩の卵ふたりして為すことすべて性交と思う

眠る子をそっと抱き上げ手話交わすようにひそかに性交をする

文学と言葉に深く結ばれた両親と知り子は嫉妬する

死んだら骨をキャンディーにして永遠に君の詩想に近くありたし

予定日を過ぎて産まれぬ子に聞かすキャロルこの世も悪くはないぞ

II　身体

2001年2月から2002年2月にかけて、詩人の川口晴美さんと競作を試みた。任意の場所をそれぞれが指定して、相手に指定された場所と自分が指定した場所の二つの空間を材料に作品を書いた。いつそこへ行くか、一人か、それとも連れだってか、などは自由だった。場所以外、決めごとはなかった。作品の発表と、それぞれの作品に対する批評や感想は、Eメールやファックスを利用した。二人しておそるおそる始めた試行だったが、しだいに競争心がめばえて、毎月の締切が楽しみになった。

春、そして夏

←渋谷「東急東横店」屋上にのぼる。

五割引のランジェリーのため五十人並ぶ忍耐を遠く見ている

荒れる予報をあざむく春の屋上より街に大いなる投網《とあみ》をかけよ

軋むカートの中は見えねどデパートに死体置場のあるはずもなし

昼の月かかる屋上に失踪の自由はあれど鳩の目光る

←神保町、文銭堂地下喫茶「莉須凡」に入る。

ひとりの思いと母の思いのどちらにも振り切れず振り子伸びきったまま

希望と呼びし妻を置き去りの死にあればプリモ・レーヴィの旅に行き暮れる

嬉しいほど女は強くなりにけり昼酒飲んで街に出て行く

←谷中のギャラリーで、詩人の北爪満喜さんと写真家の蓑田貴子さんの二人展「くつがえされた鏡筐」を見る。

赤と黄のラナンキュロスが吸い上げる水に冷たい詩を映したく

カメラ得てあなたの茎はしなやかにお日さまに向けて飛ぶ揚げヒバリ

ミルク入れる窓に水滴「暖かい部屋」で読むのはシルヴィア・プラス

くぐもった口を開けば言霊は後ずさりして宙を蹴る

逃げ出した言葉は昼の石段の手すりの脇で欠伸している

←銀座のショウルーム「紙百科」で紙と遊ぶ。

ケント　ひわ、あららぎ　利休、ふじ　しらかば、紙見本三枚得たよろこびに

誘われてつばめ五羽折る待ち人も連れ立つ人もない自在さに

鶴を折る手前で止めてつばくらめ雨の銀座は過去の旅人

いつもなら遊ばない子に導かれどぶやに行けり千代紙のため

鈴木力衛訳ダルタニヤン物語二十巻文庫本カバーの色も薄れて

不器用な子は叱られて折り紙を畳む指には詩神まどろむ

子はすだま燃える火の玉おろし立ての傘の石突割って帰れり

わが魂は猛り飛び立ち死ぬときにドカンと音出すような気がする

←都庁「献血ルーム」へ行く。

都庁見物のおのぼりさんに交じりつつ待ち合わす友と献血のため

三年前イラン映画を見たっきりそこからすぐに始まる会話

問診マニュアルを何度ひっくり返しても癌だった人は献血できない

献血はだめなんだって血を抜かれたみたいにまっしろなあなたの笑顔

完治したのになぜだめですかと聞けなかったお医者さん申し訳なさそうで

お昼御飯をおごるみたいに誘ったのに病歴はびしょぬれの靴下

今度いつ会える会えない買物があるふりをして駅に別れる

←都電荒川線に乗って、鬼子母神前、雑司ヶ谷、巣鴨と辿る。

雨を待つとも参拝するとも空っぽの賽銭箱を遠巻きに立つ

手水所に寅、鶏小屋に三毛とシロ、雨は夜まであがらぬそうな

未来から過去から銀杏に雨そそぎ胎内にある安堵と不安

境内に桃の実ぞろり否ざくろぞろり過剰な愛の食欲

突き飛ばし鬼母から逃げる霊園にも五月雨の足は追いかけてくる

こころに刺さったとげの深さは針箱の中にましますとげぬき地蔵

地道な暮らしがしたいだなんて地べた這う都電の旅は今日の気まぐれ

夏、そして秋

←北品川の「原美術館」で、「イメージの首飾り―現代イタリア美術にみる家族、政治、信仰のかたち展」を見る。

泰山木の花ほの白く光る雨濡れてゆく屋根もホームページも

心映えに白い傘選び靴選び鞄に入れる文庫を選ぶ

愛児の髪を乾かすように美術館のエントランスの芝を刈る人
（神奈川県茅ヶ崎市東海岸の別荘地帯が私の屋敷町の原型だ。）

女中さんに外国の絵本運ばせて少し南に傾いだ芝生

獲れたての小鰺の骨さえ骨抜きで抜かせたテノール奥田良三
（ステファノ・アリエンティ「モネの庭」）

これはまさしく彼らのニホンと思いつつ立ち去りがたし私のニホン
（グラツィア・トデリ「天使のまなざし」）

宙ぶらりんの不安を不安と思うのは人間だから天使の浮遊
（「カフェ・ダール」で一服）

美術館を象るケーキ藤色のフランボワーズの明かりを灯す
←初台の「東京オペラシティ・アートギャラリー」で、「汚名―アルフレッド・ヒッチコックと現代美術展」を見る。

理念には共鳴すれど黄昏のモダンアートは世紀の骸《むくろ》
（別室にて、「難波田龍起と東洋の抽象展」。）

繭玉の秘密をローマに漏らすごと韓紙のうえ東洋が舞う
←渋谷「東急文化村」で、映画「夏至」を見る。

懐かしくてしかも他者なりヴェトナムの映画の光と風と色彩

団扇でゆっくり扇いだように吹く風に蚊帳は天蓋よりも優美に

雨宿りの路地の看板にヌクマム（魚醬）と読めてぐぐっとハノイ近づく

いそいそとご飯を作る女らの黒髪を滑る風になりたし

食材をいとおしむ手でいとおしむ男根は胡麻を摺る擂粉木《すりこぎ》のごと

餓死したという台詞あり日本軍が占領したとき初恋のひとは

ヴェトナム人は知らないヴェトナムの映画見て喜んでいる日本人なり

ラスト・クレジットに探す名は「ハー」、河という意味なり優しき女性の名前

ドゥ・マーゴ渋谷で啜るは冷やし五目そば太鼓鳴るなり大雷雨なり

ダブリンの土砂降りハノイのにわか雨渋谷の午後の大雷雨かな

ストッキングぐしょぬれのまま乗る電車子どもを注射に連れていくため

←ヴェトナム貿易大学日本語科科長の講演を聞き、その後、私的なお茶会に出席。

雅楽の太鼓によく似た太鼓の刺繡光るアオザイすらりと演壇に立つ

白地図にヴェトナムの位置書かせては雪のシベリア赤道ギニア

「うどんはうまいがご飯も大事」愛人も妻も大事にするお国柄

「うるち米ももち米もある」豊かさは女の子の誕生を喜ぶ文化

緑の豆のお菓子ぼろぼろこぼしつつ女の先生ばかりのお茶会

儒教文化をたくみに抱き込む共産党支配は女に優しいだろうか

ああ、「夏至」はフランス映画と片づけて「おしん」の人気に話は移る

亡命者の文化はヴェトナムコーヒーの底にどろりと沈む練乳

（バオ・ニンの小説『戦争の悲しみ』）

死者の霊はただ悲しげに見るばかり対米戦「泣き叫ぶ魂の森」

「夏至」を見たかというひとことをのみこんで留学生ハーさんに何度も出会う

←神保町タイ料理店「メナムのほとり」で、ランチを楽しむ。

ご飯を三杯食べるなと言われ嫁ぎしは丈高き「青鞜」の紅吉なりき

おひとりさま同士でつつくタイ料理赤とうがらし青とうがらし

自分のお金で食べる女の悦びは見知らぬ美人と囲む食卓

噴き出す汗をそれぞれ無言で拭いてから一人一人の持場に帰る

発信源はレモングラスの学生より「明日のゼミは欠席します」

秋、そして冬

←神保町［漫画喫茶］をのぞく。

ついてこなくてもいいと言われて神保町漫画喫茶で人を見失う

タバコの煙が好きだった日と唱えれば即座に開く過去の図書館

キスのかわりに飲み干す煙さわりたくなくてもさわる約束だから

恍惚としたまま骨になりそうで抱きつく過去をそっと押し返す

給食の釘の沈んだスープさえ懐かしいのにまだ許せない

カーテンのない喫茶はとても狭いのに広くてひとりいつまでもひとり

曇りガラスに歪む太陽騙し絵に見とれているのはもうやめましょう

←「旧新宿区立牛込原町小学校」の「セゾンアートプログラム・アートイング東京2001—生きられた空間・時間・身体展」で、デジタル PBX によるインスタレーションを体験。

廃校に老人と子供吸い込まれ沓脱《くつぬ》ぎ石に靴だけが残る

吸い込まれたのはわたしの父と子供です上着を捨てて闇に飛び込む

青いライトで照らせば床に段差つき狭い水路に蛙犇《ひし》めく

湿地には足、脚、葦、蘆ささやきぬここから先は行かれませんよ

行動を規制するのはおのずから隘路を通り抜けるかなへび

どこを歩いてもいい自在さに見えてくるマット、跳び箱……父と子はいない

黴臭い視聴覚室コーヒーと無声映画に慰められる

靴擦れが直った頃に何事もなかった顔で（しかし何かはあったのだ）戻るだろうか

ブルドーザーのうなり声だけわたしには父も子供もいませんでした

←

←青山一丁目「英国伝統紅茶ケーキ博物館」に入る。

幽霊のキャシーは落葉を急がせる雨の窓から覗き込んでる
ティー・コージーの人形作る先生と生徒の寡黙運針の音
取っ付きにくい店主のサーブに畏まる another cup of tea（おかわりのお茶）の温もり
転覆する語りの仕組みを話しましょうセイロンティーで温まったら
今朝は開いてなかったのねえ鈴鳴らし雲雀のような奥方が来る
タルタルソースがレンジでチンしてできるのよ　長い、ながーい午後の始まり
偏食の息子ほほほと自慢してカップとお皿を軋ませている
この店は開けたくない日が定休日いちげんさんも深く肯く
バーバリーの裾に貼りつく銀杏黄葉 chatter box《おしゃべり箱》 の亭主登場
午後のお茶に不足しがちな胡瓜《キューカンバー》のサンドウィッチ《サンドウイッチ》と機知ある会話
（一か月後）
外はみごとな夕焼けなのにあの午後の匂いと雨に閉ざされる部屋

←「旧朝香宮邸・東京都庭園美術館」で、「カラヴァッジオ展」を見る。

アンゴラのセーター嬉し待ち合わす絵のために黒いコートで隠す

ソファに眠る男も乏しき電球に照らされて絵の中に溶けゆく

絵から見れば四百年後の宮邸の闇にうごめく異教のわれら

電球の発明以前の暗闇も異教の神も量りがたくて

少年の果物籠にほのじろく二十一世紀の青い薔薇

世俗画の女占い師はいかさま師ラ・トゥールまでの距離は百年

円い鏡に映して花の姫宮と呼ばれた人のいまいずこなる

クリスマスにはイタリアに帰る聖母子も十字架を負うキリストの絵も

（安田侃「野外彫刻展」）

四十歳で儚くなりし妃殿下が夜半の画廊を通り過ぎたり

木枯しはしばらく止まれ大理石がきれいに髪を巻き上げるまで

冬、そして春

←「シネマライズ渋谷」で、映画「リリイ・シュシュのすべて」を見る。

十四歳の無間地獄はドビュッシー真綿にくるんで殺してあげる

sore, sore, sore ……ずきずき痛む指先と膝のひりひり喉のいがいが

みんなつらかったみんな心が寒かったみんなおんなじサイトの焚火

学校はたぶん最悪の出会い系サイトだなんてふざけんじゃねえ

←「渋谷区立松濤美術館」で、「瀧口修造の造形的実験展」を見る。

ほんとうの地獄はこんなじゃないけれどデカルコマニーに吸い寄せられる

古い醫院の窓口で薬出すように饐えた匂いのコーヒーもらう

若い女が私の体をすりぬけてレコード盤が静かに回る

二十歳《はたち》でも墓場でキスをするようなひとでしたから……忍び笑いす

「地獄の空の色」を愛してしあわせな子どものままで亡くなりました

観念とわたしとどちらが好きですか凍えた指で目隠しをする

吹き抜けの井戸の底まで眠らせるネオンライトの人工の雪

←「セルリアンタワー渋谷東急ホテル」のラウンジで、お茶を飲む。

ブラインドを下ろしてください高すぎる天井は野放図なばかりの自由

紅茶以外ほしくないのに見ろ見ろという石庭に苦しめられる

自分の重みに椅子ごと沈んで自分だけ地球の芯まで沈んで行きそう

明るい紅茶の水色《すいしょく》の中に浮かび来るブラック・アフリカ、ブルー・アフリカ

旅行鞄に茶碗とポットを忍ばせた赤いドレスのチリの人はも

助けてと叫ぶかわりに書き付ける「お元気ですか」雛の絵はがき

ステンレスのメスから記憶の粒こぼれ拾い集める夜、手術室

←「青山ブックセンター本店」内をうろつく。

水をあげてもあげても枯れる庭なのにあとからあとから観客が来る

地の塩とつぶやいて去るアーティスト静かな店員の矜持を知らず

（ピアニスト、ヴァレリー・アファナシエフのエッセイ集『文学と音楽の間』を捜す。）

店員の舌に載せたら「アファナシエフ」檸檬のようにしみるだろうか

（モフセン・マフマルバフ著『アフガニスタンの仏像は破壊されたのではない、恥辱のあまり崩れ落ちたのだ』が平積みになっている。）

ゆっくりと砂漠に水をそそぎこむ言葉のちから映画のちから

読んだことさえ忘れた本の真下にも速やかに白く地下用水路《カレーズ》走る

III　両翼

最後のお産

アリアンナの嘆き「涙」響き来て遠ざかるころ陣痛きざす

「もう頭が出てるじゃないか」剃毛《ていもう》の暇なく明るい分娩室へ

三人目はどうするなんて聞いてから縫うかどうかを決めるセンセイ
初産の会陰切開は「紙みたいに薄くなったら切れ」という声
最後のお産と言って気がつくわたくしの生にもいつか終わりが来ること
ヒトの悪意にたえず怯える時代にもかくも無防備にヒトは生まれる
励まされ陣痛の波を越えるごとく死を乗り越える呼吸法もあれ
風船と点滴と破膜「フルコースのお産でした」とナースは笑う
「おまえたちのパパに看取られたい」なんてもしも病気で死ぬ生命なら
病気でないのに病院に行く楽しみはこれでおしまい産後検診

海彦千尋、山彦千畝

おいしそうな仕事を断る勇気なくておむつを畳む本読みながら
すかいらーくの卓を囲める親子など　子を転がして君は詩を書く

魔女がレタスを植える絵と見ればこれはねえママが畑で草を取る絵だ

サンタクロースのひげにさわった夢を見たつららみたいに光っていたよ

あいうえおの積木並べて 貝殻《(kai-ga-ra)》が 灰皿《(hai-za-ra)》 の中で 咲いたら《(sai-ta-ra)》 いいな

山芋と零余子《むかご》を洗うようにして千尋と千畝を風呂に入れたり

モンシロチョウに夏子と冬子のあるごとく千尋よりやや千畝は太し

おまえたちのために守りたき未来あり海彦千尋、 山彦千畝

あわただしく七つの都市を行くごとし子の眠る間に読む数ページ

旅から帰った人を見る目で三か月の子に見られたりハーディを読む

赤ん坊をお尻のほうから見てみればつくづく足の上がるお化けだ

ぐずる子が神妙に耳を傾ける母の脱糞の音のさやさや

車のドアのすきまにすっぽりはさまれて無傷なり子のしなやかな指

自転車に上の子を乗せて去る背中「君は仕事をしてろ」の合図

君を歌会へ送り出す夜は髭黒の妻のごとしも火桶を抱いて
オオルリの籠を突然蹴っとばすそんな荒さはママにだってある

火を迸る

わたしはあんじゅひめ子英語と日本語と子産み孫産み火を迸る
ほとばしるたばしるとばしる日本語も英語もあんじゅひめ子も走る
あるかぎり感官の弦ひびかせて素足で走れ早春の道
復讐が君とわたしの合言葉いつまでもいつもジュードのままで
眠りに落ちる前の体熱やわらかく溶けてしまいそうわたしのジュード
とめどなき詩の産卵に血を流し引きちぎられる頭の子宮
あふれる物を呑みこみ詰め込みすぎるなら弾けてしまえ短歌という器
うざいのもサイテーもみんなおんぶして奔るほかなし世紀のはじめ

たどりつく研究室に welcome back のカード薔薇の花束

子作りの名人と紹介されている育休明けのオリエンテーション

子ら率い子の診断書取りに行く欠勤届に添えろと言われ

語学教師にそぐわぬ匂い嗅ぎ取って借りにくる『強姦の歴史』など

柳美里に詳しい学生も英語力のなければ六十点をつけるほかなし

ビデオ『ショア』を借りに来るのは素晴らしく足あがる少女舞踏研究部の

御神渡りを見たい男をシリウスの昇るころ後部座席に倒す

神に踏まれる痛みに耐えて吐く息の迫り上がり盛り上がる結氷

水張田《みはりだ》を潰すショベルのかたわらに餞《せんべつ》のごとれんげ草咲く

大学と文学

「オウム」後も役に立つ学問を標榜し百年かかって日本は滅ぶ

君は先に出世するなんて言ったよね日本に疎いうぶな口髭

芸術家への侮辱といいて国歌はじく指の鋭さ彼はピアニスト

コーディリアの死に顔に触れて咲く論の朝には萎む恋のごとくに

*

近藤芳美の歌「バルコンに二人なりにきおのずから会話は或るものを警戒しつつ」をめぐって

バルコンの歌読みながらマーラーと尹伊桑《ユンイサン》まで自在にめぐる

君の朱《あか》にさらに朱入れて書きあげる昂りのまま芳美を語る

アルマの主題軍楽隊に掻き消さるとし子夫人を閉ざしし霧ぞ

「文学は時代のすぐれた感性の証言」と書けばメモ取る学生もあり

冬ざれの大学の中に守りきて今こそ叫ぶ文学は孤児だ

大学の文学の危機に触れて終える英語のテキスト開かないまま

ゼミ奪われ英語のコマのみ増やされる英語教師であるほかなくて

「いつか私の時代がくる」（マーラー）と板書する打たれてもまた出る杭われは

夜光る虫

（ジョルジュ・ド・ラ・トゥール〔1593〜1652〕）

「死よおまえの勝利はどこに」とうそぶくな死骸累々とロレーヌの春

罹患した弟子を見捨てて郎党を率いて逃げる死の館から

血縁の弟子に死に水も取らせずに逃げたと喚け死にたい奴は

パン屋のせがれ、成り上がり者となおも呼ぶ国王の画家と名のれる今も

施しを拒んで画家の蔵こわされ火を噴くように小麦噴き出す

ペテロより三回イエスを否定したペテロをみつめる兵士を描く

聖マドレーヌ絵を見る者の視線さえ拒否して冬の月は輝く

カンテラをかかげてその死を確かめる卑賤富貴の等しき最期

口ごもる生への感謝　誕生の絵にも漂う疫病の臭気

闇に目をこらせば神も聖人も glow worm《夜光る虫》 のように見えてくる

描きこめばなお暗くなる理《ことわり》を知れどひたすら闇に描くのみ

闇の部分を疎《おろそ》かにする跡継ぎを棒切れで叩くように叱れど

彼の絵の外科医のメスの冷たさと寡黙が剖《ひら》く真実はある

レンブラントに示唆を与えてオランダで温められる闇の光は

評価は待て万人救済説の説く久遠の刑期をつとめあげるまで

絵が償うか知らず仕事を終えて去る三百年後に待っているから

ジョルジュ・ド・ラ・トゥール冬の画家夜の画家静かに深く刺さるサーベル

神

「宗教」というキーワードをもらって

二十代の終わりに思いがけない病気にかかり、死ぬかもしれないという不安にとりつかれたが、宗教に救いを求めることはなかった。その後、母親となった時、アンデルセンの「かわいそうなお母さんの話」を思い出して、「死すべき人間」を産んだことを嘆いたが、私の思いはつねに生の側にあり、来世に及ぶことがない。聖クリストフは渡し守。ある時、背負った子どもが次第に重くなり、おまえは誰かと問うと、神だという答えがあった。

凍りつく女の命をさしだしても還らぬぞ脆《もろ》き神を授かる

サフラン色にバケツが染まり朝刊が広告抱いたまま夜になる

どこから来た神とは知らず白米の粥でもてなし湿気に慣らす

小さい神の足冷たくて抱き寄せる胸まで白く洪水になる

私一人の欲求とともに背負うとき聖クリストフ神より重し

詩と歌

浅草、ギャラリー・エフで、「00」同人による「とぶことば展」を見て

カフェの奥に仏壇のように開くとびらギャラリー・エフから詩が流れ出す

天窓を開けに来たのだ蔵の奥にひっそりと棲む姫君のため

スカートの裾をつまんではしご段昇れば白く蔵番座る

ハンモックに詩のコラージュを眠らせて旅よりいまだ王子帰らず

這い蹲りしゃがみ詩を追うどれくらい待ったら歌が産めるだろうか

川べにて詩の紙をちぎり諳《そら》んじるくちびるも指も青くふるえて

いい人ばかりで少し苦しい　腹黒い詩はスカートに隠して歩む

豊穣の裸婦

(宇都宮市栃木県立美術館、「奔る女たち―女性画家の戦前・戦後　1930〜1950年代展」)

叩きつけ描きなぐるべし油絵がやがて絵として破綻するまで

(赤松(丸木)俊「裸婦(解放されゆく人間性)」「横たわる母子(原爆の図)」)

戦後の春を祝う豊穣の裸婦の絵があればよのちの原爆図あり

原爆の劫火も犯せぬ至福なり死の際も母に守られる嬰児《えいじ》

(片岡球子「炬燵」)

炬燵を囲む二人の女はおしゃべりもするが足袋を縫い新聞を読む

美術館ならトウシューズ履いたつま先でジャンプして着地できる大きさ

薄い図録の中に小さくかしこまり他人顔した絵に再会す

「奔るおんな」は首都東京に招かれずジェンダー論はインディアンサマー

しょっぱいミルク

おためごかし親切ごかしの標本をありがとう折れたピンの鋭さ

出し忘れたミルク缶乗せて忍びゆくリサイクルセンターは保育園の隣

吊革に論文立てて朱入《あか》れて席譲られるああすみません

ヒースクリフの帰還のごとく大学に復讐をせよ文学は孤児

お絵描き帳と「ワニのライル」とメロン買う非常勤のゼミを終えた帰りに

料金所の職員は昨日の梨売りのおじさんだ光る釣銭もらう

情けない父子三人徐行して追い越してから君らと気づく

蕁麻疹には寿命があるとささやきてわが少彦《すくなひこ》背後より抱く

「大きな古時計」に号泣した上の子の朝までにひからびるダンゴムシ

昨日の墓をまた掘り返す狭い庭　金魚、スズムシ、ダンゴムシ死ぬ

わが人は入浴の子を忘れ果て朱《あか》入れている私のゲラに

夜泣きの始まるまでの数分わたくしはイザベラ・リントン拉致してください

どこ？　君は「わかった」という君は　どこ？　未知を導く白い指先

生き延びたシルヴィア・プラスは朝ごとに子に用意するしょっぱいミルク

バルトの海は

千畝連れて行きたしはるかリトアニア、カウナスは内陸深く籠る町

失業中のバルト語学者は細い指声ふるわせて図録をめくる

海上で兎が飛ぶと言うなかれ晴れても暗しバルトの海は

森の中の画廊で食す鹿の角レーリュッケンはドイツのお菓子

春着買うかわりに釣針、ボタン、貝、漂流物のコラージュを買う
日は落ちて鵺《ぬえ》の声さえ聞けそうな森の画廊の「バルトの記憶」
花盛りの桃の里にも死者は出る退屈そうに携帯は呼ぶ
あたらしい百合で道路を飾るのはお母さんだな僕の四つ角

ジェンダーのシステム

春を待つアトピーの子のシーツにはまんさくの花のような血の痕
弟につづいて兄も寄りくれば蛸抱くように抱きしめている
ジェンダーのシステムは総合的に分節されママ抱っこママ抱っこと喚《わめ》く
手足伸びてなお甘えたき六歳の愛撫のかたち定まりがたし
ちうねちゃんだけの時が来るんだパパとママ死んでそれからちいくんも死ぬ
夏のうちに子らにさんざん叩かれて記念樹の梅ひっそりと咲く

遊牧民は牛を売りわれらは本捨てる小学校に子を入れるため
母という共通項の危うさに決裂す謝恩会準備会
成熟するのが遅くて死ぬのが早いとはつくづく損だ雄のつぶやき
女より淋しい生き物かもしれずことごとく妻に報告をして
（「今日ママは〝赤ちゃんの部屋の掃除〟の日だから、一緒にお風呂に入れないよ。
部屋の壁は肉でできているから掃除すると血も出るよ、怖くないよ」）
交替にトイレのぞいて〝赤ちゃんの部屋の掃除〟が終わるのはいつ

私の翼

こわれた樋を落ちる雨音「あした晴れ？　あしたのあしたは晴れ？」って響く
さくらんぼで口のまわりが染まるって教えてくれた小さな人たち
間引かれたミントの藪から吹く風はロッキンパッピー遊具を揺らす
間引く勇気もなくてひょろひょろの向日葵と朝顔並ぶ子のプランター
とかげがいるよ子を抱く腕に血縁はなけれど丸い地つづきの縁

真夏日にケーキを提げて帰るなり自分の誕生日を祝うため

蠟燭を並べきれない年齢《とし》だからパパはもうじき死ぬのかと問う

寿司もケーキも放ってアイスを食べる子にもうじき死ぬとパパはうそぶく

竹藪の土をせっせと掘り返す子の仕事なり掃いては汚す

レインコートの翼広げて弟を導く垣根の曲がり角まで

登校する兄につられて走る子をマーチで拾い出勤をする

必ずカラスに喰われる雛を孵《かえ》すためまた巣をかけるそれが営み

子と職と家事に短き滑走路どこまで高く飛べるだろうか

風に乗り日に輝きて舞い上がる千尋と千畝は私の翼

雑踏の中の亡霊（あとがき）

「どうして帰ってこなかったの、大好きなのに」

一昨年の暮れ、数年ぶりに出かけた出版記念パーティで、気のおけない仲間とお酒を飲んで帰ると、当時三歳の次男に泣きつかれた。二人の子どもの親になってから、ほとんどはじめての夜の外出だった。次男が生まれてからは、私も夫も、子ども第一の生活を心がけるようになり、次男は夜は家族四人揃っているのが当たり前という環境で育った。そのため、夫の帰りが遅くなると、心配で目を覚ましていることが多い。

次男が私たちを本当の家族にしてくれたと思う一方で、この当たり前の幸せを守るだけでは満足できない自分がいつも意識される。私一人の欲求と家庭の責任のバランスの危うさは今も変わらない。

それに加えて、ここ数年の大学環境の激変と、大学教師の仕事の質量の変化は、研究者、表現者としての時間をますます減らすことになった。以前の何倍も手をかけた教育の必要、学生の心のケア、高校訪問などの受験生確保……。私自身、時代の変化に応じて、自分を変える努力をつづけている。しかし、何のために大学の教師になったのかと原点を思ってみれば、研究を続けることだけはあきらめたくない。その結果、短歌を作ることは私の仕事の優先順位の一番最後になり、所属している短歌結社「未来」に毎月投稿するのも難しくなった。

しかし、私にとって、生きることは書くことにほかならない。「まだ短歌を作っているんですか、えらいですね」とよく言われるが、作っていなければ生きている実感が得られない。私の書く論文は、文学作品の誕生の瞬間を再現したいという動機からなる、きわめて創作に近いものが多いのだが、それでも研究と創作はちがう。子どもたちはかけがえのない宝物だし、大学教員としての責務も果たしたいが、なんとかして作歌もつづけたい。

そのための工夫を考えたとき、ヒントになったのが、二度の出産でも休まなかった「婦人公論」の連載の仕事だった。一九九三年から続けてきたこの仕事が、執筆者全員の交替によって二〇〇一年二月で終わると知らされたとき、これに代わる定期的な締切を設けた仕事を自分で作り出そうと思いついた。それが、詩人の川口晴美さんとの「場所」のプロジェクトである。

先日、久しぶりに少し日の傾いた本郷通りを歩いたとき、私は七十年後の本郷通りを歩く私自身の亡霊を見た。死んだあとも、死んだとは気づかずに以前と同じように歩きつづけている亡霊を……。雑踏の中で、その亡霊に気づいた老人が、「大田さんじゃないですか」と呼びかけ、「ああ、人違いでした」と謝っていた。そのとき、私の亡霊も、もう自分が生きているのではないことに気づいたようだった。あれは、〝きさらぎ〟という、季節のおぼろげな境界に立ち会って、見えたまぼろし……。そういえば、川口さんの詩集『lives』（ふらんす堂、２００２年）にも、「交差点の幽霊」という詩があったっけ……。

身軽なほうが高く飛ぶのに向いているわけではない。身軽だからといって、高く飛べるものではない。そのことを教えてくれた子どもたちに感謝している。今年、長男は九歳に、次男は五歳になる。可愛くて手のかかる、甘美な家族の季節は過ぎて、これから私はますます身軽になるだろう。そのときこそ、私が上手に飛べるかどうか、本当に試されるときが来るだろう。

「しおり」に文章をお寄せ下さった今井恵子さん、選歌の段階からアドヴァイスをいただいた佐伯裕子さんに、深く感謝申し上げます。ギャラリー・コンティーナの高橋嬉文さんには、ヨーナス・ダニリアウスカスさんの絵を本書のカバーに使う許可を得るために、仲介の労をお取りいただきました。装丁の大原信泉さんと北冬舎の柳下和久さんに大変お世話になりました。みなさまに心より御礼申し上げます。

二〇〇三年　桃の節句に

葡萄の香り、噴水の匂い

第四歌集

Ⅰ

雪が消えるまで／Come, September／女の羽衣／らっきょう／石を穿つ雨

Ⅱ

割愛／国立成育医療センター／剛速球／小さきお住まい／私もそんなつもりではない／ギルガメシュ／君が幸せそうでよかった

Ⅲ

「匂い」をうたうレッスン
1秘匿／2ツォンゴォレンマ?／3叫び出したら／4薬食同源／5緑の明かり／6盛夏／7立ち上げるまで

Ⅳ

英国ごはん／死者が来ている／テープカット／木下闇／海のマフラー／地の果て／葡萄の香り、噴水の匂い／言葉、暴力、記憶／静かな熱い心で（あとがき）

I

雪が消えるまで

一九八三年、日本は、「女子に対するあらゆる形態の差別の撤廃に関する条約」を批准。
一九八六年、男女雇用機会均等法施行。一九九九年、男女共同参画社会基本法施行。

降り始めた雪を着て出る「夜中にきみに話しかけたかった」と言われる前に
天井の高さが自慢の古い家がゴシック空間に変わりゆくまで
壊れてないカップルを一つ知っている　奥さんが時々壊れて続く
「バターと砂糖と粉をきっちり量ったらあとは簡単」離婚しました
授業の始末を終えてお茶飲む午後六時頭が冴えてくる帰りたくない
無能さを思い知りつつ乗ると決めた船から降りるわけにもいかず
願わくば大田の失態として記憶せよ女の教授の失態でなく
三十品目神話に潰されそうになりカップラーメンで息抜きをする

おみおつけ残すなと君が子どもらに怒鳴り出す前に飲んでしまった

死ぬのも嫌で死なれるのも嫌　家族持ちに付随してくる幸と不幸と

勤め先の大学では、育児休業ばかりか、子どもの看護休暇までも保証されている。ところが、教員によるこれまでの育児休業取得実績はゼロである。近年、女性の採用が急増したとはいえ、たとえば文学部の専任の女性教員の割合は、わずか十一パーセントにすぎない。

夢のわたしは今日も子どもを寝かしつけ深夜の研究室に出かける

ジェンダー講座の学生いわく「平等と幸福は必ずしも両立しない」

portable warmer の子がしがみつきあなたの部屋に今日も行けない

目詰まりのした粉ふるいを濡れたヘラで扱うみたいな家庭実習

ダマが出来たら木杓子を網にこすりつけそっと押し……てももう戻らない

クッキーの生地と子どもを寝かしつけ起きた子どもと型抜きをした

二人の病児を連れて疲れた母親に道譲らせて舌打ちをする

＊

東京都現代美術館の周辺には、再開発が中途半端に終わった貧しい町並みが続いている。しかし、問題は、この巨大な箱とその周囲にこれから何を入れていくかということだろう。「愛と孤独、そして笑い」という展覧会のタイトルの横に、「愛・理性及び勇気」（与謝野晶子）と書き付けてみる。

サイトマップを開いてみても餡こ屋も定食屋もなしヴァーチャルな街
豆腐買うみたいに誰か鍋提げて「餡こ下さい」暖簾をくぐる
道路拡張用地ぽかりとある先のほっかほか亭に人々並ぶ
言葉の壁を易々と越える映像に嫉妬して読む英語の字幕
膣の奥に次々に手が生えてきて「おいで、おいでよ」精子を招く
ヒースクリフはやはり〈女〉だ窓の外の荒野のキャシーの挿入を待つ
ピカソさんはどうもお尻が好きだったらしいと子らに教わった夏
ああ愉快、子が動くたび番人が血相変えてすっ飛んでくる
そう言えば公園番という厭なやつが酸っぱい顔でトーベ・ヤンソン

連れ合いは頭しらみシャンプーと子どもたちに振り回されてとっくに寝てる

嬉しくも腹立たしくも子どもより妻が大事の男なりけり

ポケモンのクライマックスを遮って美術を語る親うるさかろ

雪が消えるまでの底冷え足下に君が沸かした湯たんぽふたつ

Come, September

英国の学会に出席するため、パスポートを作りに行った。「旧姓併記したい」と、大田宛の英文の手紙を見せたら、「できません」。ところが、外務省に問い合わせてもらうと、即座にOKが出て、担当職員はビックリ。「世の中変わるんですね……。でも、今の日本の法律では大田美和という人は存在しないんですよ」「そのとおりですね」と愛想笑いを返すほかはなかった。

ロンドンで聴く「わが祖国」nation と country との温度差と時差

九月、チュニジア大学のサマースクールから東洋史専攻の学生が帰国。

アジアになぜ目を向けないかイスラムの炎に灼かれ学生帰る

マフマルバフをチュニスの人はどう見てた遠い場所、遠い人たちの声

サミラ・マフマルバフの映画『午後の五時』ではロルカの詩が朗読される。

午後の五時、午後の五時という繰り返しイラン、アフガン、日本に響け

ほんのわずかな出会いといえどささやかな地割れ始まり世界が開く

9・11のあともアジアの人として生きる希望はアマルティア・セン

ロンドンのテムズ川南岸にはシェイクスピア時代の劇場を再現したシェイクスピア・グローブ座がある。

地球座の舞台中央突き出した樫《オーク》はるかに能舞台見ゆ

女の羽衣

列車の入るプラットホームが決まるまで蒸し暑いバーでコーヒーを飲む

おつりもらって very much まで丁寧にお礼するのは老いた旅人

「え、何だって?」振り返ってもケイタイに応える女がそこにいるだけ

明日の晩の食事に誘うケイタイの声の人生に一瞬触れる

＊

国際ジョージ・エリオット会議（ウォリック大学）。

合図がなくても次々鳴り出す楽器たち国際会議の質疑応答

着うたがセミナーの最中に届いても誰も気にせず個人主義だから

南半球の真冬から来てひどい咳に苦しむ教授発言をやめず

日本人の無邪気なサイードへの興味イスラエル人の即座の反論

文学研究の質疑応答に乱れ飛ぶ「難民」「サイード」「ブッシュ」「フェミニズム」

宇宙飛行士毛利さんさえ豪州で初めて知った学ぶ喜び

ときどきふわっと聴こえなくなるデイヴィッドのスコットランド訛りの英語

＊

文学愛好家、臆せず理論家に質問す。

あなたの理論は素晴らしいけど愛すべき登場人物《マギーとトム》はどこへ行ったの

参加者の言葉はじけて響き合う　ああ、これが詩のワークショップ

ジャッキー・ケイのポエトリー・リーディング　Why don't you stop talking?

詩はボール　投げて拾って受けとめて笑って息を呑んで驚く

＊

短歌の英訳は可能か。

能舞台の鼓のようなものですと悔しまぎれに言ったところで

ブライスのような哲学的な裏付けのなければ所詮長めの Haiku

＊

旅先の便座に座るたび思うたしかに You are what you eat（健康は食べ物次第）

仕事は女の羽衣なれば二人子の年を聞かれて即答できず

パスポートの中の二つの名字にはおさまりきれない無数の私

コヴェントリーから列車でロンドンに戻る。

ルビーフルーツ指を濡らして分かち合う英国中部《ミッドランド》の走り去る夏

テロ警戒のため手荷物の刃物はすべて没収される。

ヒースロー・エクスプレスの折り畳み椅子に置かれた子どものハサミ

＊

新学期の日本の教室。

指揮者が合図しても鳴らない――「この音でいいのでしょうか」学生が聞く

らっきょう

サマーワだろうとカブールだろうと粛々と輸送されていく　仕事ですから

石垣の石をくずして遊ぶ父五歳をつまみ上げた祖父の手

三千人の村に聳える忠魂碑三十八人の中の祖父の名

兵送る立場に苦しみ兵学校の職辞してまもなく召集されき

甲虫の豊かな島に父と子と祖父の慰霊の旅へと誘う

赤ちゃんの弟の面倒を見よという伯父によく似た優しい筆跡

「家事は仕事じゃない」祖母が絞る雑巾はいつもぽたぽた水が落ちていた

犬の餌入れみたいな金物におかず入れて三男一女育てあげたり

子を思え祖母に諭され父宛のらっきょうを母は私に廻す

小指よりも痩せたらっきょうも丁寧に泥を落として漬け物とする

戦後はじめて兵を送ったドイツには反アメリカの気骨があるぞ

小休止のバーで周りを寄せ付けずコーヒーを飲む黛敏郎

よくなることはもうないと言い海沿いのホームに祖母を父が見舞えり

石を穿つ雨

花の季節に、勤め先の文学部のリレー講義の準備をし、「ジェンダーの視点」という話をした。東京都による養護学校の性教育妨害から始めて、イラクの日本人人質の「自己責任」報道に触れ、援助交際の十二歳の「自己責任」を問うた判決を批判する。ネオリベラリズムの潮流に対するささやかな抵抗になっただろうか？

いくつもの出逢いと出逢い損ないをただ見るのみに年古る桜

冬越しのあとあっけなく息絶えるカナヘビはベリーの花陰に埋《い》け

脱皮の手順を一つまちがえ絶命したザリガニを子と一緒に埋める

開花促す陽にだまされて孵化したるカマキリの子は氷雨に滅ぶ

満開のインターネットサイトにはジェンダー論への悪意と曲解

歩くコンプレックスと攻撃されるは別姓推進派、非嫡出子、笹川議員

西早稲田の桜五分咲き査読した論文届けてまたバスに乗る

連れ立ちし人の面影霞みつつ早稲田の、新宿御苑の桜

可哀想と可愛いの差に躓《つまず》いて桜を浸す水に溺れて

色見本帳の真中に桜色桃色 infatuation と love

遅れてきてまた挨拶が始まって山桜咲き八重桜咲く

枝垂れ桜のように大きな身をかがめ声かけて回るヒューズ先生

この桜の下に地霊は年重ね出会いをいくつお膳立てせし

江戸のひと明治大正昭和のひと踏みしめて地霊ここに幸《さきわ》う

公園のぼたん桜と飛ばされてオタマジャクシの餌になる毛虫

花に隠れた幹黒々と見えてくる卒論ゼミの三年生六名

読んでない何も知らない若者は実に洗脳しがいがあるね

美しいかたちのままに卵胞を出られずに死ぬカマキリの子ら

性教育バッシング、民法改正、「自己責任」論……話す順番を変えては戻し

桜若葉の留学生もコイズミの「感動した」に感染してる

「感動」して忘れ去られる講義などデスクトップのソメイヨシノ

桜のような講義にあらず石を穿ち地にしみ通る四月の驟雨

さざれ石の巌となりて苔のむす、などあほらしく石を撃つ雨

黒い幹を汚す花びらレントゲンとられるように深呼吸して

かさぶたを剝ぐように剝ぐアスファルトに貼りつく最後の花びら二枚

II

割愛

カマキリはショウリョウバッタの心臓をまず食い破り休息を取る

道教え、斑猫の字が跳ね回り子から教わるこれがハンミョウ

まこと絵によく見たけしきと思うまで言葉から躙《にじ》り寄る実体に

物語の中で覚えた「ムカデ」とはスサノオの髪に棲んでいた虫

「雹」が降ると聞いて心底怖かったヤマトタケルを死なしめたから

稲を見て稲と知らない漱石を子規が叱ったように息子よ

遺伝子情報に従う教育の未来とは江崎玲於奈よノーベル賞を返せ

別ヴァージョンの物語求め漁りしよ虫取るように七歳の頃

美和というハンコを捺して江田と書き大田と書きて十一年過ぐ

割愛願のゆくえは知らず退職となるほどそんな言い方もある

愛された記憶はなくて愛を割く紙をば交わす大学の自治

サッカー選手の移籍と同じと取りあえず父母には告げる来年度のこと

国立成育医療センター

ＰＨＳ渡されて待つ院内をイルカの親子のように歩めり

ミルフィーユの層はがすように見せられる長く眠ったままの亀頭を

十五分後に初めて痛みを訴える子を膝に乗せ抱きしめてやる

エレベーターを見上げる君に手を振れば手を振り返す何歳だろう

変な顔と笑うわが子の素直さにたじろぐ痛くなければいいの

君の名前を聞けばよかった異形の子という印象で焼き付く記憶

「神さまは悪戯もなさいますから」と脳性麻痺の妊婦は笑う

子ども部屋のように明るい病院の光の中で死も看取られる

剛速球

交わりのさなかに眠りまどろみのさなかにトリン・Ｔ・ミンハを語る

温かく丸いランプを体内に灯したままに朝の雑踏
愛されたあとのからだはふわふわと雲を踏みしめ電車に吸われ
モノレールで白いキャンパスに滑り込む二〇〇三年四月一日
「おっ」「おっ」「おっ」蕾はじけて嬉しそう高校四年生みたいなもんだ
背伸びせよ願いを込めて無理矢理にクラス全員を「さん」づけで呼ぶ
ケイタイに親友はいて取りあえずゆるく明るく皆とつながる
ガラス張りの談話室から手を振るは自称「イケメン」の男の子たち
白門に集う一年生は　あ、軽い、アカルイ未来をぶら下げている
女の警官募集は年に一度だけ剛速球の目が問いかける
生理だろと気遣ったのに嫌われたどうすりゃいいと男子学生
お母さんなのに教授と驚くな二十世紀はもう終わったよ
屈託なく笑う四人の無意識は女でもなく男でもない

平べったく明るく白きキャンパスにうす暗い喫茶店が欲しくて
食べさせて洗って拭いて寝かしつけ私の帰りを待っているひと

小さきお住まい

お会いできなくても当たり前しかれども期するものありてバスに乗り込む
湿気に膨らむ髪撫でつける普段着で高級ホテルに着いたみたいで
エレベーターを降りた廊下に人気なく面会謝絶の病室のよう
病室のようだったならどうしよう震える指でチャイムを鳴らす
促されドアを開けば本を読む日々の空気に迎えられたり
小さきお住まいなれば小さき本の山てっぺんに道浦母都子さんの本
ローラ・アシュレー薔薇の部屋着に包まれてとし子夫人は横になりたまう
主人の歌の調子をよくよくご存じと『飛ぶ練習』にほほえみたまう

同じ空を眺めて暮らす先生のギリシャの丘の写真の微笑
雨上がりの紫陽花一輪折る手間を惜しみしことの悔やみきれずに
新しき戦争を憂える先生に告げがたき若きらの新保守主義を
ライフワークを持てと重たき励ましに近藤芳美は健在なりき
お会いできた感激のまま夜学生に夜のガリ版のお歌を語る

私もそんなつもりではない

英語力の不足補う文学の読みの力の訳に聞き惚れる
諸説一覧書いて足れりの卒論に不満はないか二十八歳
とびひの子連れた真夏の文学部エレベーターに君と乗り合わす
イヨッと挨拶する子のほかにもう一人子がいることまで喋ってしまう
多摩急行の夜の座席で家持もそう模倣から始まりました

よかったらお茶でもなんて言えません五歳児が寝ずに待っているから

そんなつもりじゃないです先生そりゃそうだ私もそんなつもりではない

身の丈を知る若者の生真面目の報われぬこと痛ましきまで

なめらかに『きらい』の一首諳《そら》んじる人麻呂論を書く青年は

しもばらし？　しもばしら？　と問う子を乗せてぐいと土曜の朝を漕ぎ出す

ギルガメシュ

「癒し」にはならぬクルド人監督の映画黙々と列なして待つ

水道もガスもないのに最新の化学兵器はhelp yourself《ご自由にどうぞ》

イラン人と話したことはただ一度だけど五本も映画を見たよ

戦争を「イラク」と呼ぶ子にギルガメシュとシンドバッドの絵本を開く

夜驚症の子をひっつかむロク鳥の鋭き爪から無事奪還す

日に焼けた畳を隠す茣蓙の肌理《きめ》撫でて楽しむアトピーの子は
報われぬ犠牲いくたび『人魚姫』に轟々と泣き疲れて眠る

君が幸せそうでよかった

駅まで送っていこうかと抱きすくめられストッキングが伝線しそう
ついてきて扉の陰に隠れるはエンジェルちゃんと呼ばれる息子
今朝ママはシャリシャリしてるおんぶした背中からさわるレースのブラウス
おめかしをするのは仕事に行くためと子らは納得して送り出す
新宿西口ホスト募集の看板は自主撤去とぞ惜しみつつ見る
今はもうどれがあなたか花びらのように散らばる歌集のあなた
あなたの引用はいつも私を驚かす安部公房の英語嫌い
途中までついてきた彼はもういない私のことが今もこわくて

立食パーティの網目を上手にくぐるひとと網目に隠れるひとすれ違う

昔よりふっくらとして笑ってた君が幸せそうでよかった

III 「匂い」をうたうレッスン

1 秘匿

（チョコレートの箱を開いてチョコレートの匂いをかいで）

今なら、もっといい医療と看護を先生にしてあげられただろうか。十年前、先生は、小児病院の院内学級で絵を教えていらした。うす暗い病室にため息をつき、「いい医療をしているんだから、入れ物も綺麗にしてやりたいねえ」とおっしゃった。それから病に倒れ、あっという間に亡くなった。新しい世紀の初めに病院は建て替えられた。遊び心あふれる色と形の空間に、先生をお連れしたかった。

お見舞いの箱の中身はあげるから箱だけおくれパレットにする

ハイヒールの音響かせた見舞い客をなぐるかわりに見舞いを捨てる

チョコレートの銀紙きらきら落ちて行く病棟の夜の青いバケツに

さっき死んだひとが静かに運ばれるエレベーターホールでウィスキー飲めば

チョコレートは美味しかったか先生は聞かずに水を所望されたり

ちびたチューブの絵の具つぎつぎ絞り出す先生は真剣な子の表情で

コンロ借りてゆっくりと煎る山の上のホテルのココアをお出ししたくて

「中庭が画廊が音楽室がほしいねえまだ歩けるから欲も出る」

小児ガンの子らの毎日の母さんとの別れに先生は涙を流す

若き死に遭うたび今もよみがえり熱に苦しむ闘病の記憶

ナースたちの個性無言で嗅ぎ分けて吸入は彼女点滴は彼

『百万回生きたねこ』もってくる若い弟子は思いやりがあるのやらないのやら

テクストの中でたしかに飛びはねる言葉の主は鬼籍にあれど

「ラジオ深夜便」終わる頃嘔吐は治まれど意気軒昂な先生ならず

ユースホステルの一夜のあとのまぶしさはプラリネ飾るショーウィンドウ

絵の具ちりばめた先生のチョコレートボックスを宝石箱として秘匿する

2　ツォンゴォレンマ？
（元旦の朝の匂い）

あれは誰？　頬ほてらせてあたらしい年を背負って駆けてくるのは

「先生は偏見がない」そうかしら本当にそうか悩む先生

「ツォンゴォレンマ？《中国人ですか》」通勤電車で囁いて女は別の車両に消えた

知ってる人も知らない人も信じるな彼は教える十歳の子に

ハノイ仕込みの見事な英語に立ちすくみ身構えただけ……かもしれないよ

移民が街を変えていくんだ守りつつぶつかりながら苦しみながら

手際よく取り分け勧める躾ともアルバイト先の姿とも思う

儒教道徳が消えたわけではないが、南アジアは女性の社会進出では日本のはるか先を行くという。

＊

東大助教授、後輩の妻は台湾人博士なれども非常勤講師

強姦されたら舌を噛めよと教わった少女は日本人の妻となる

日本人のワタシが着たら厭ですかソウルで夫が買ったチマチョゴリ

二日から肉のラベルを貼り替える仕事に戻る二人の少女

美しい英語は仕舞い込んだまま町工場でパーツを拾う

若い頃の苦労は買ってでもせよと日本語学校で教わったから

3　叫び出したら

（六本木ヒルズの五十二階の風の匂いを嗅いで）

神の手で攪拌されて睦言も怒声も光の粒子に変わる

蜷局《とぐろ》巻く不協和音も天上に届く頃には和声だなんて

揉み消すことを忘れた自殺報道のアンビュランスの音だけ届く

幸福にも数え切れない形ありパノラマの記念写真の笑顔

これが最後、これが最初とそれぞれに連れ立つ観光名所にひとり

草間彌生のインスタレーション。

干し草が教えてくれたこのビルに光、色、海、匂いだけない

お土産にチョコをどうぞと二度三度「村上隆」に呼びかけられる

痛む足を引きずって杖をついて歩く　カン、ト、カン、ト、カン、ト　正しい響き

赤いドットの部屋で数えるドット数三周目からかなり怪しい

さあ誰が来てくれるかなスクリーンのクサマと一緒に叫び出したら
どうしたらいいかわからんわからんのだわからんわからんわからんわからん
飛び降りる自由は自由ではなくてワタシはワタシここにとどまる

4

薬食同源

（キャベツの葉っぱを剥がしてキャベツの匂いを嗅いで）

日本晴れ誰も畑に出てこないキム婆さんが座っているから
キャベツ刻んでスープに入れて胃袋を休めなさいとキムさんの声
風邪や腹痛《はらいた》くらいで医者にはかかれない在日一世薬食同源
使用人抱えて外車を乗り回したキムさんをもう誰も知らない
たった一軒残ったアパート管理して年金のない暮らしをかこつ
毛の長い犬従えて杖ついて婆さんが出てくりゃみんな引っ込む

ネギ一本でも貰いたがると疎まれても平気なもんだ無年金だから
月に一度一張羅来て行く先は質屋だなんて騙されるなよ
そんなに胡瓜は食べきれないでしょもらったげるニッポン人はとても親切
受け売りの日本語擬音語特殊論韓半島から笑われている
野菜屑ぎっしり詰めて行儀良く煮える肉なしロールキャベツは
キャベツの葉を湯通しするのにこんなにも時間がゆるく流れるなんて

5　緑の明かり

（庭先のハーブを摘んでハーブの匂いを嗅いで）

洋酒六本残して更地になった庭へビイチゴばかり毎年実る
早番遅番休日出勤増えるたび母さんの庭にハーブ増えゆく
やめるしかないかもねって笑うのは三児の母の介護職員

足の裏をママにぴたりとつけて寝るアロマランプに円く照らされ

屋上に寝床を延べる当番の夜に誤射されたイラクの少年

このまま世界は変わりはしないというひとに会うたびいつもひどく驚く

何でも見えるふりをしていて偉そうに話したあとで気づいて止まる

教授という肩書きが彼を丁重にさせてると思うすまなく思う

薊ばかりの野を転げ落ち「悪いことはこれから集《たか》ってやって来るのだ」＊

不安の数を数えるために増やすならいっそ割ろうかハーブの鉢を

背中の子にかわるがわるに嗅がせては癒されるのは私のほうだ

実の季節過ぎて元気を取り戻すワイルドストロベリーの葉っぱ

ローズマリーはエリザを燃やすために積む薪のように芽吹き花咲く

泥んこの園児の足を洗う水一摑みレモンバームを放つ

サビ病のミントの葉にはバッタの子五匹もいると子らの呼ぶ声

＊宮澤賢治

見えなくても見たいと願うできるだけ世界を等身大の姿で

梅雨空を照らす緑の明かりともキッチンに生けるミントとタイム

6　盛夏

（果物の名を言わず、匂いそのものを歌うレッスン）

夕風は仏間のほうより流れ来る到来物の箱の中から

喉を病む祖父の神経鋭くて仏間の襖は閉ざされしまま

著述家の仏壇のそばに乱雑に古紙回収の本の山

性欲の多寡に男女の区別なく本括る紐のゆるむ一箇所

本括る紐のゆるめる一所より覗く果肉の色匂い立つ

閉め切った仏間に女が立ち上がり帯解く気配夏熟れてゆく

ひそやかな午後の愉しみさわる剝く舐める滴り落ちる転がる

線香の匂いに足は弱りつつ末期の水として吸う果汁
この先は崩れるほかなき断崖の生命の奔流として香り立つ
生きよとぞ励ます果肉嚥下せる喜びののちの惨を思うな

7　立ち上げるまで

（花の名を言わず、匂いそのものを歌うレッスン）

夜の駅　音もなく過《よ》ぎる翼ありいっせいに天の扉が開く
朝刊を配るバイクが引き出され走り出す音　雪の降る前
アスファルトにアルミホイルを寝かせては夜の轍を写し取らせる
去りがたく坂のふもとに月を待つ二人の長い影　水たまり
昨日まで自分が死ぬとは思わずに七時のニュースを見ていた死者たち
ああとうとう来てくれたんだ右の手を挙げたら白いドアが開いた

天上を渡る軍馬の嘶きに目覚めて気づく未明の開花

明け方に轢かれた鳩の横たわる公道も花の匂いに濡れる

死の前に和解が必ずあるという虚構を越えて生きのびていく

亡くなってようやく気づくそばにいるだけで何だかほっとしたひと

花の雨　もう少し深く吸い込んで　過去の瓦礫を立ち上げるまで

IV

英国ごはん

「英国ごはん」という言葉はもちろんありえない。Summerが夏でないのと同じことだ。八月の末まで露地物の苺が食べられる季節が「夏」であるわけはない。それでも、私は毎日夜の六時になれば、ああ、ごはんの時間だなと思って、まだ明るい中庭での読書をやめて食堂の列に並び、食後はバーでシリア人とギリシャ人から水煙草の吸い方を教わった。十二時間飛行機に乗れば身体ごと戻れる日本の暑い夏を、夫と子どもたちと体験しなかったことで、得たことと失ったことを数え上げながら。

「旅立ちです、起きて下さい」と子が叫ぶ目覚まし時計　出張の朝

「ああ、あしたでお別れかあ」など十歳のどこで覚えたクールなせりふ

そっと二階に行く子を追えば「行っちゃだめ」布団にもぐりぽつりつぶやく

＊

シェフィールドの大聖堂に高々と「われらヒロシマをけっして忘れず」

日没までなお四時間を残しつつ大手スーパーも五時には閉まる

美和ちゃんはポエム作るからポエマーと呼ぶ学生は英文二年

あ、西さん、あ、東さんとそよ風がボール蹴るように綿毛を飛ばす

たまさかの夏の陽射しに出盛りの苺頬張って宿題をせよ

寮の塀のブラックベリーを引きちぎり口に入れては町まで歩く

「二個分の値段で三個」の商法は名門書店にまでも及べり

どきどきしながら買ってはみたが水精《セイレーン》と名乗るほどにもあらぬパウダー

朝は冬　日中は初夏　夜は秋　クランブルには熱いソースを

梢をあんなに揺らすのは栗鼠とわかるまで何度食べたか英国ごはん

死者が来ている

徐京植の『ディアスポラ紀行』携えて両姓併記後二度目の出国

着いた日に道を聞かれてfuck offと言われる　かつて炭鉱の町

名簿はとっくに着いているのに到着後に部屋割りをするイギリス人は

未来の自分に葉書を出せと叱咤するEメールばかり打つ学生に

民営化された郵便局で風船とフラップジャックと消しゴムを買う

シェフィールドの日本語サイトでロンドンの天気予報を見る馬鹿者が

リヴァプール行きの列車がないと泣きそうな英語サイトは初心者のアヤ

スペイン人のルイスがサーチエンジンをかければ列車は山ほどありぬ

十字軍もかつて立ち寄りし宿で飲むビターにあざみの綿毛飛び込む

犇いて大声で話し合ううちに仲良くなるのがパブというもの

夜の間に排水口から上りくる指輪より細きゲジとヤスデは

ＢＢＣのシャトルのニュースは十二秒野口さんらしき背中が見えた

重なり合って芝に寝転び星を見る彼ら二十歳のカウントダウン

皿のふちまで汚してよそうお玉より大きそうだな北斗七星

屈託なく流れ星探す　百年後は誰もいないとまだ気づかない

貧困撲滅ホワイトバンドを買う彼ら「フェアトレード」を説明できず

「国民と政府は別」とイラク後の日米を語るシリアの女性

見かけはいかにもアメリカ人だがサラームはサウジアラビアから来た男の子

「あれがロンドン・モスク　すべての災いがあそこから来た」と親切な声

第九交響曲の夜に私のいたはずの空席にテロの死者が来ている

テープカット

ヤマボウシのピンクの花びら震わせてヘリコプターが舞い降りてくる

池に射す銀の機影にボール探す野球少年も空を見上げる

エントランスのあれは菖蒲かアイリスか争う間もなく着陸の音

詩歌文学館は南に広き芝地持つ空より来たる先生のため

テープカットはヘリコプターで行かなきゃとスーツに袖を通したまえり

あふれゆく泉のごときほほえみを取り戻したりとし子夫人も

車椅子用昇降機に乗り王侯のごとき入場をわれら見守る

再会する絵の前にしばし無言なり軍靴と群衆と沈思する子ら

「明星ばりだな」という批判に堂々と応える声ぞ響き来るなり

ソクーロフあるいは小栗康平に撮らせたき映画「芳美の時代」

木下闇

釣り銭を数えられない門番の女性はウルフの散骨を知らず

私たち同じ写真を見てたかも記憶の中の墓所の木下闇

クールベの絵にありそうな空に伸びる高木は墓所のエルムではない

三日の晴れで涸れる小さき水たまり田螺《たにし》の五六粒の息づく

小さな息子と夫を連れたお嬢さんあなたはイタリアの方ですね

そしてあなたは日本人かとこの国に住んでいるかとまず問われたり

ばらまいた（scattered）とわれら言うたび穏やかに埋葬した（buried）と直してくれる

クリケットの少女現れ叔母さんの墓所はあそこと教えてくれる

性的に合わぬ夫婦の広き庭　雄の銀杏が二本聳える

ポケットに石がなくても簡単に溺れそうだな白いウーズ川

ウルストンクラフトは掬い上げられてウルフは死んだ　ポケットの石

海のマフラー

セント・アイヴズ海辺の子らに吹きつける風の官能的な冷たさ
潮風にスカートの下くすぐられ帝都を歩くダロウェイ夫人
夏の日射しの戻りくる庭さりげなく頭上に広げてくれるパラソル
ああ私言葉にすっかり着脹れて沖へと泳ぐひとを見ている
惜しみなく曝すアイデア今頃はカリブあたりをさまよう画家の
アクセサリー作りの道具をテーブルに並べて留守を守る妹
海の色を波の上から水底まで拾い集めてマフラーを編む
密やかに合わす足裏　交わりを禁じられたるベッドの上で
内診の器具の冷たさ詩を孕むあたりに触れて細く息する
開かれた足の間に今朝産んだ真珠のような詩のひとしずく

地の果て

明るい海に開く駅前ペンザンスはブロンテ姉妹の伯母のふるさと

その名呼ぶだけで美人になりそうな化粧水の瓶ひっくり返す

この宿は朝っぱらから豚ばかり洒落たマダムの上品な愚痴

豚の鮮血の腸詰ブラックプディングは撫子ジャパンの腹に納まる

Japanese people are gentle and polite.（日本人は上品で礼儀正しい）という評判。

ハラキリの侍がポライトになるまでの遥かな道を侮るなかれ

べとつかぬ潮風なれば油断して麦藁帽子を宿に忘れる

いっせいにパラソル開き「テンペスト」一幕二場に降る通り雨

「すばらしい新世界」という糖衣剝げて海の劇場に笑いどよめく

カツオドリとは欲張りの比喩。

写真屋のシロカツオドリは「地の果て」の標識の前で算盤はじく

日本語も英語もしばし午睡せよ波の表情を熟知するまで
あの人の英語は母語じゃないんだと半日遅れて一人笑いす
ボール追う子も犬も帰り夕闇と潮と競って満ちてくる浜

葡萄の香り、噴水の匂い

「親愛なるシャヒド、長崎原爆投下の日の今日、イスラエルのレバノン戦線拡大のニュースに悲しみと憤りを感じています。私はあなたの味方です。でも、ただの詩人で文学の教師にすぎない私には、あなた方は私たちと同じ、世界平和を望む人々だと語ることしかできません。ミワより」

「あなた方」と名指したとたん渾々と湧き出る水はわれらを隔つ
縦に裂く瓜より水は噴き出して恋を隔てりああ天の川
ダマスカスと言葉にすればほのかにも立ちのぼる古代葡萄の香り
シリアが恐怖政治だなんてほほほほほ黒田教授より多く学びき
拷問のためキューバ、シリアへ移送する合衆国の闇は底なし

点滅する刹那の生を生き疲れ学生はマクベスを批判するのみ

札幌に出張の夜、モエレ沼公園の「海の噴水」を見に行く。

噴水に悪意なけれど見る者の心を映す夜の噴水

人魚姫のようにはるかに詩人ではない人たちの幸せを見る

夜の森無心に踊る噴水はアンナ・パブロワ素足のひかり

踊りの輪を広げ近づく噴水に焦がれ苦しむわれは黒豹

*

近藤芳美先生、宿題は一つ仕上げましたが、文学者が発言できる場所を新たに作らなければなりません。

「一歌人の死を未来につなげる」投稿は新聞に載らず「しのぶ会」終わる

ジバゴを悼む花を撒くならこのあたりバス停前の小さな広場

言葉、暴力、記憶

映像より言葉で語る拷問に二度三度吐き映画見ている
おまえが受けた残虐もすぐに忘れられ深い歴史の雪に埋もれる
たましいの柱たたずみ太古より語られる日を待つ長い列
語られぬ悔しさに耐えさまよえる死者たちの声風に紛れる
空耳も思い違いも生きていた痕跡として文学にせよ
そんなことをして何になる漆黒のプールに浮かび星を数える
言葉の中に立ち上がるのは輪郭のぼやけたお化け――されど人生

＊

元従軍慰安婦イ・ヨンスさんを囲む会（中央大学九条の会）。

性の商品価値さえなくて死ねよとぞ殴り叩きつけ踏みつぶしたり
指を切り生き血飲まして救いくれし慰安婦仲間のお姉さんたち

命日に帰った娘に驚いてオモニは冬の井戸に飛び込む
九条の会に英文学の教師がいることをまたも学生に珍しがられる
小説の講義とゆるく繋がれる余談に「口づてでも泣きました」
乗り越して隣のホームに駈け上がる思いがけない詩の訪れに

静かな熱い心で（あとがき）

冬の初め頃からシューマンの第三交響曲「ライン」と第四交響曲に取り憑かれてしまった。できれば一日十回でも聴きたいところだが、家族にも近所にも遠慮して、せいぜい一日二回聴くぐらいにとどめている。何度も聴いてこの曲の魅力を解き明かしたいというよりは、この魅力的な音の集合体を言葉の集合体に置き換えてみたいという途方もない欲望に取り憑かれている。音楽理論家のように言葉で説明するのではなく、シューマンが音楽で行ったことを言葉で行いたいのである。

これまでに、これだと思ったら脇目もふらず、手に入るあらゆるものを徹底的に読んだり聴いたりして、論文を書いたり、短歌や詩を書いたりしてきた。傍目には回り道に思えることほど豊かな収穫につながることを体験的に知っている。インターネットの時代にますます忙しく細切れになる時間と思考の中で、一見役に立たず、無駄に見えるような作業に、静かな熱い心でどこまで真摯に向かうことができるかが、実りの豊かさを決めるだろう。

結局、私はどうしようもないほど「言葉」が好きで、この恋人の魅力をどうやって引き出そうか、この恋人とどうやって楽しく遊ぼうかということを中心に、私の人生は回ってきたような気がする。振り返るたびに青臭さばかりが目立つ人生だが、気宇壮大であること、理想を掲げることを懼れるな、とジョルジュ・サンドが教えてくれた。子どもの頃の夢を実現できた幸運な大人の義務として、文学を通して、生きることと考え続けることの意味を問いかけたい。

この歌集の表紙には、上野省策の油彩画『憂愁』を使わせていただいた。この絵の持ち主である歌人近藤芳美の芸術と人間に対する思いが伝わってくる絵である。二〇〇六年の近藤芳美展（於＝日本現代詩歌文学館）で初めてこの絵を見たとき、近藤さんに師事して本当に良かったと心から思った。

この絵の使用を許可して下さった故近藤芳美夫人近藤とし子さん、故上野省策氏長男で評論家の上野昂志さんに感謝申し上げる。撮影に立ち会って下さった日本現代詩歌文学館の豊泉豪さん、カメラマンの稲野彰子さんに御礼申し上げる。装丁の大原信泉さん、ありがとうございました。今回も北冬舎の柳下和久さんの本作りに助けられました。ありがとうございました。

二〇一〇年二月一日　　イギリスでの在外研究を前にして

II　詩篇

古い桜の木の下で

「こんにちは」と口火を切って
一人きりの空間にずかずかと上がり込み
わたしは話のきっかけを作るために
たくさんのパラグラフを用意した
へたくそなパラグラフ
パラグラフ同士の関連性が希薄で
redundant
出会いそこない
近況報告とか噂話
最終講義とパーティが始まるまでの二十分間
中年の
少しくたびれた

二人の子持ち同士の
十三年ぶりの邂逅
いや、全然ちがう
私たちは殺人事件の記事として
ここに座っているわけじゃない
たまたま同じ年頃の子どもの親であることに驚いたとしても、
一族郎党引き連れて（心理的、精神的な意味でも）
この満開の桜の木の下で偶然出会ったわけでもない
どちらかが「パーティのあとで二人きりで別の店で」と切り出しても
おかしくはない自由な大人

ジェイン・オースティンの小説『説得』のように
もう一度やり直したいというわけじゃなく
人として向き合ってみたかった
その願いがかなって
静かに本を読むにも誰かと語り合うのにもちょうどいいこの四阿で
あなたの姿を見いだした
古い桜の木の枝が地面すれすれまで撓って

大きな鳥かごのように（いいえ、そんな閉塞感はない）
サンクチュアリ（と呼ぶ方がふさわしい）
イギリスのようにリスはいないけれども
すずめも鳩もおとなしく愛らしく
おいでといえば近寄ってくるし
追い払えば遠慮する
サンクチュアリ
世界中が眠っている間にたまたま目を覚ました二人のように
でも
私たちの心と言葉はさっきから隔たったまま

自分の自立した世界をもった女の連れ合いは
今やほとんど例外なく自分で自分の身仕舞いをするので
昔なら妻帯者とは思われないような
くたびれた格好をしている
そう思いながら量販店で買ったような男の靴を値踏みし
裾から覗いた靴下のほころびを見つけて
汚れた袖口から覗いた太い指を見て、ふと思った

私はこの指を知らない
日本語の「知る」ではなくて　英語の know
「そしてアダムはイブを知った」(And Adam knew Eve his wife.)
あんなに優しく愛し合った恋人の指を知らないとは
しずかな驚き
それでは「知っている」というのは
何年か連れ添った夫婦がお互いのことをいう言葉なのか
私が知っていて、これからも知り続けていくのは
ひとかかえもある紫陽花の花束が
魔法のように出てきた黒い鞄と
庭で一心に紫陽花を摘んでいたはずの
男のまぼろし

青空

子どもたちが大きくなるまで
何とか持ちこたえてくれた
雑木林と畑とが
代替わりで売れてしまい
夕焼けに目の眩んだ甲虫が額にぶつかることも
蟇蛙が庭にお礼に来ることもなくなった
町が明るくなるのと引き換えに
心の闇が広がったという
安易な説には頷けなくても
死に際に友人知人を訪ねても
気づいてもらえなくなった
という愚痴ならわかる
出張のついでに寄れる距離じゃないと
液晶画面に面影が差したり
何気なく触った書棚から

古いエッセイのコピーが出てきたり
そんな形でさよならをして
春の滲んだ青空に
そそくさと昇っていった人たちに
少し遅れて手を合わす

砂金　詩人ユン・ドンジュをしのぶ会

さえざえと晴れた月夜の
井戸水に映る自らの
情けないほど無力な若さを憎んでは
哀れに思っていくたびも戻ってきた彼が
池袋から京都の大学に移ったあとで逮捕され
福岡に移送されて
もう二度と戻ってこない

その学舎で六十年以上も経って
彼を偲ぶささやかな会が開かれる
学生のいない二月の日曜日のキャンパス
ステンドグラスが正面中央にあるだけの
慎ましいチャペルで
中国の、北朝鮮の、韓国の、日本の、
朝鮮語を母語にする人たちから敬われる詩人をしのぶ
死後の栄光に包まれながら
「こんなにもたやすく詩が書けることがはずかしい」と
今もはにかんで笑っているような詩人に
帝国日本が与えた罪状は
母語で詩を書いたことだけ
「頑健な二十七歳の死は
おそらく人体実験によって」
という短い記述
十字架上のキリストのように
最後にひとこと大きく叫んで絶命したと
正直に遺族に伝えた獄吏がいたとしても

日本人として頭を垂れる
十年前、授業のあとでこの中庭で繰り返し
日本語訳であなたの詩を読み上げたことも
許して下さい
原詩と日本語訳と英語訳で朗読される詩の
英語訳のぎこちなさから察すれば
日本語訳では掬い取れない原詩のエッセンスが
さらさらと砂金のように
こぼれ落ちては光を返す

乾杯　開かれた社会に向けて

高校無償化と子ども手当について、まず注意すべきことは、この政策がこれまでの世帯単位の社会保障とは違い、個人単位の社会保障への転換という新しい発想のもとになされているということである。誰が親であるかを問わず、その子どもが最低限の教育を受ける権利として、同じ額の社会保障費を受け取ること。この社会保障政策の精神からすれば、日本の各種外国人学校のうち、朝鮮高級学校のみ高校無償化の適用対象から除外することは、その政策の趣旨から言っても正当化はできない。

二〇一〇年になっても、われわれは未だに前世紀の不完全な人権意識を引きずっている。平等な社会を作るための民法改正法案すら提出できない状態が続いているのである。

いかなる時代に生き、どのような未来に向かっているのか。世界視野で見れば多様性(diversity)の時代に生きていることは疑いようもないのに、われわれは相変わらず周りの顔色を窺って、できるだけ目立たないように汲々と生きている。風穴を開けたい。

序詞

弱い者いじめをするな
子どもたちを矢面に立たせるな
親たちとその親たちが
支払うことを怠ってきた過去の負債を
子どもたちの世代にだらだらと背負わせるな
いじめてもいいという公認のしるしを与えるな

ケンブリッジで一番国際色豊かなカレッジの
夕食のダイニング・ホールで外交官のNさんを見つけた
ここにすわってもいいですか
一緒にいた法学部の二人の学生と自己紹介し合う
中国からです、韓国からです、日本からです、どうぞよろしく

最初は互いの出身地のいいところ探し、それから
韓国の人と詩人のユン・ドンジュの話をしたいと
ずっと思ってきたので、
つい熱を入れて話して、驚かれた
まさか日本人が読んでいるなんて
彼の残した本を古本屋さんで探す運動をしている人もいるよ
ロンドン育ちのコリアン。実は韓国のことはあまり知らない
ユン・ドンジュも教科書に載っているから暗唱させられた
強制されると、いい詩もいい詩に思えなくなる

すると、在英十年もう故郷には帰らないという

メインランド・チャイナの若者が反論する
暗唱すると心にしみこむよ
キングス・カレッジの中国人詩人の石碑を見た？
え、知らない。何ていう詩人？
紙ナプキンにボールペンで書いてくれる。「徐志摩」
どんな詩ですか、読んでみて
彼、そらで高らかに朗唱する
意味はあとで Wikipedia で確かめて

うちの父は日本に留学してたの
ふーん、そうなんだ
でもその頃のこと何も話さないの。こわくて聞けないよ
一九七〇年代ぐらいかしら（嫌な思いをどんなにしたことか）

ふざけた話もたくさんして
いろんな単語を漢字で書いて、
中国語と朝鮮語と日本語で発音し合って、
三回も乾杯をして、その夜は別れた

ご馳走はなかったけれど晩餐会のようだった
こんな円居に北のあなたもいつか参加してほしい

夜中に届くYou Tubeの映像
「軽軽的我走了　正如我軽軽的来
我軽軽的招手　作別西天的云彩」＊
明日は二十問から三問選択、
三時間の期末論述試験だ

＊徐志摩「再別康橋」より
ひそやかに僕は立ち去る　ひそやかに来た日のごとく
ひそやかに手を振って　西の空の薔薇色の雲に別れを告げる

ビッグ・ソサエティ　大きな社会

請求したマイクロフィルムの箱を二つもらって
「初めてだから使い方を教えてくれ」と言ったら、
マイクロフィルムを見る部屋に誰かいるから
そこで聞いてくれと言われた。
スタッフがいるのかと思ったらそんな人はいなくて、
私の隣で自分の仕事をしていた人が親切に教えてくれる。
電源を入れてフィルムをセットして角度を変えて、
こうすると先に進む、こうすると戻る。
「ありがとう」。
閉館十五分前にフィルムを取り外すときも
斜め後ろで仕事を終えた人に
頼んで助けてもらった。
これが「ビッグ・ソサエティ」ということか。
政府や公共サービスはどんどん小さくして
予算が足りない分、スタッフが足りない分は社会のボランティアが補うんだ。
そう言えば
今朝タクシー乗り場でも同じ事があった。
杖をついてやっと歩いている女性のために
買い物のカートを押してきたのは、
店の人でも知り合いでもなく
たまたまレジで隣に並んだひとらしく、
ここから先は任せたとばかりに
もう大丈夫でしょと言って、カートを押して退場する。
タクシーが来ると
運転手がスーパーの袋三つと鞄を車に入れて
列の一番目にいた男と二番目の私が彼女に肩を貸す。
「頭をぶつけないようにね」
「ほら、すぐそこに椅子があるよ」と言ったって、
「膝が動かない」とおびえた様子。
どうにかこうにか座らせたら、
「誰か私の家まで一緒に来てくれない」だって。
そこまではとても付き合えない。

キャメロン首相、
あなたが掛け声をかけなくたって、
ビッグ・ソサエティはこの国に存在済。
これ以上ビッグ・ソサエティに頼ったら
破綻する。

Bon Appétit

For the first time in fourteen days in Cambridge
I gave in to the hidden desire and went to a Chinese shop.
Joyously did I come back with *tofu*, *miso*, dried fish and laver.
Put them in a Heffers' coffee cup, add boiling water and stir well.
Dried headless anchovy from Thailand must have made an exquisite soup,
but the first sip of it brought me strange feelings.
It was as if I had met my mother on a foreign street at dusk
after a very long separation for some mysterious reason,
and asked her absentmindedly, 'May I have your name, please?'
Looking away from her sad, old face, I was sorry and ran away.

さあ召し上がれ

ケンブリッジ滞在十四日めに初めて
私はひそかな欲望に負けて、中国人の店に出かけた。
喜びいさんで私は帰った、豆腐と味噌と煮干と海苔を買って。
ヘファーズ*のコーヒー・カップに入れて、お湯をそそいでよく混ぜて。
タイ産の頭をはずした干しアンチョビーからはいい出汁が取れたはずだが、
最初に一口すると、変な感じが広がった。
まるで、不可解な理由で長いこと離ればなれになっていた自分の母親に
たそがれ時に異国の通りで出会って、
うっかりして、「どちら様でしょうか」と尋ねてしまったかのような。
母の悲しげな年老いた懐かしい顔から目をそむけて、
私は申し訳なくて、逃げ去った。

*ヘファーズは英国ケンブリッジにある老舗書店

III

エッセイ

さよなら早稲田

短歌の生まれる場所

　馬場下にあるカレー屋で夕食を終えて出てくると、隣の洋書屋はもう店じまいをしていた。すぐ上にある穴八幡神社の森から気の早い木の葉が舞い降りてくる。今日は土曜日だから、少しゆっくり夜の散歩としゃれこむことにしよう。九月のはじめ、学生のまだ戻ってこない静かな早稲田界隈。私はもうじきこの町を離れることになっている。

　新宿区西早稲田に住み始めたのは、今から七年前、大学三年の春だった。それまでは神奈川県の小さな町から片道二時間かけて通学していたのだが、長い通学時間が馬鹿らしくなって、友達の勧めにしたがってアパートを借りることにしたのだった。見つけたアパートは東向きの日当たりのいい部屋で、四畳半に加えて二畳くらいの台所が付いていた。女の子ばかりの間借りだから、男友達を連れてくるには不便かも知れないが、当面のところそういう心配の必要はなかった。

　一人暮らしを始めてまもなく、私は毎晩取りつかれたように、文章を書くようになった。誰に科されたわけでもないが、日記の他に雑記帳というのを作って、思いついたことを書いては一人で楽しんでいた。両親のいる家を出て一人になって、ようやく私の物を書きたいという気持に火がついたのだろう。そしてその年の秋、私の作った短歌が朝日新聞歌壇にはじめて載って、私は短歌という詩型に急速にのめりこんでいった。私の短歌と早稲田での生活は、切っても切れない関係にあるのだ。

　カレー屋の前の街灯がついて、文学部の交差点に至る坂道をぼんやりと照らし出す。この坂道を今までに何人の友達と一緒に歩いたことだろう。いつも通る場所なのに、共に歩いた人の個性によってそれぞれに景色は違って見えたのだった。

　　まぶしげにわれと夕べの景色とを見比べており手さえ触れずに

　　日比谷から早稲田へ歩く氷雨《ひさめ》さえ君の手を取る口実にして

　　二人して行きし古書街手をつなぎ早稲田通りを渡りたる午後

（『きらい』）

　この坂道を歩いているうちに、どんどん愉快になって足早になり、文学部前の交差点まで一気に駆け下りたことが何度かあった。そしてここは、不思議と詩的インスピレーションの湧く場所でもあった。

　　木漏れ日に濡れたる君にくちづける今朝は世界ができて七日め

（『きらい』）

私の一番好きな歌。この歌ができたのも、部屋に鬱々とこもっていたあげく、二時に銀行が閉まるのに気づいて、あたふたとこの坂を下りていったときではないだろうか。

詩が生まれる瞬間——それはまるで、熟れた木の実が枝を離れて落ちてくるようなものだ。あるとき突然、空から歌が降ってくる。まっすぐに、すでに完成された姿で落ちてきて、すっくと私の目の前に立つ。そういう僥倖ともいえるできごとが、この坂を通り過ぎるときに何度か起こった。磁場、というのだろうか。その場所に行くと、今まで見えなかったものが見えるようになり、きこえなかった音がきこえるようになる。といっても、もちろん、毎回そんなことが起こるわけではないのだが。

何かがきっかけになって、芋づる式に、というよりもむしろ、天の緞帳の紐を引いたみたいに、どさっと三十首ばかり歌が降ってくる。そんなことが何度か起こったワープロの前も、一首の「磁場」と言っていいかもしれない。

ワープロを置いた窓辺には、大きな枇杷の木が影を作り、往来を過ぎる人の話し声がきこえた。声の主は犬を連れたお年寄りであったり、学校帰りの子供であったり、研究所に通う留学生であったりした。そんな声をよそに一度ワープロの前にすわると、私の思考のほうが走り出してしまって、次々に打ちこむキーをワープロがフォローしきれなくなったこともしばしばだった。

かじかみて操作手間取るワープロのブラウン管に未知の語並ぶ
かき消した文字もそのまま「文豪」の記憶容量分を歴史に
自慰のあと残るけだるさワープロの上で言葉と組み合いしのち

（『きらい』）

この「磁場」はぜいたくで、バックミュージックをいつも要求していた。よく聴いたのは、スザンヌ・ベガ、中島みゆき、ケイト・ブッシュ、ディーリアス、マーラー。歌集『きらい』（河出書房新社・一九九一年六月刊）の編集作業の最終段階に入ったとき、いろいろ聴いてみて一番はかどったのは、「グレイテスト・ヒット・オブ・マドンナ」だった……。

なんだかずいぶんロマン主義的な、詩の生まれる瞬間を披露してしまった。この調子で行くと、私は「イオラスの竪琴」で、風が吹くときは歌をうたうけれども、風が止むとしょんぼりしてしまう、ということになりかねない。

詩人は神の奏でる楽器、
神が奏でるのをやめたとき詩人の命も尽きた。

美しいイメージだが、詩人というものがこう定義されたら、詩人は自分の言説に責任を持たなくていいということになってしまわないか。それは私のめざす詩人像とは異なるし、私は、たとえ風が止んだときでも自らの力で鳴り出すことのできる力強い竪琴でありたいと思う。

こんなことを考えながら歩いているうちに、いつのまにか大隈通りを抜けてグランド坂に出た。坂を上っていくと、土手の上のクレーン車の赤いランプがちらちらと夜空に点滅しているのが見える。この土手一帯に戦前からあったような木造家屋はすべて取り壊されてしまった。グランド坂の由来である安部球場も今はない。その跡地には新しい図書館が建っている。坂を上りつめた右手には秋になると営業する焼き芋屋があるが、ガラス戸はまだ閉まったままだ。この冬、あの店の大学芋を食べる前に、私は早稲田からいなくなるんだな……。

第一歌集ができた頃、この町を去ることが決まった。東京の郊外で新しい生活が待っている。一人暮らしが終ると同時に、長かった学生時代も終わる。それにしたがって、私の歌も変化していくことだろう。

私と私の歌を育んでくれた早稲田よ、ありがとう、そして、さようなら。

短歌とフェミニズム

「お姉ちゃんは『極左』のフェミニストだと思っていたのに、フツーに結婚するのね」と妹に非難された。今年の五月、恋人を初めて実家に招待したときのことである。

私は結婚しないのがフェミニストだなどと言った覚えはないし、男嫌いどころか男好き（?）なのだが、小倉千加子さんの「嫌いなもの——結婚しているフェミニスト」という発言が一人歩きしたため、そんなことが言われるようになったのだろうか。「身近な人間にさえ、自分という人間を理解してもらうのは難しいなあ」とため息が出る。もっとも、専門の英文学を離れると、フェミニズムをあまり語らない私の怠慢こそ責められるべきかもしれない。

私が自分で名乗る前からフェミニストと名指されるようになったのは、早稲田大学を卒業して、東大の大学院に入ってからのこと。朝日新聞に私の短歌を紹介する記事が載って、英文科の研究室の人々に私が創作していることが知れただけでなく、大学院の面接の際、こんな歌を作っていたこともばれてしまった。

フェミニズム論じ面接室を出て教授は男ばかりと気づく

短歌とフェミニズム、あるいは、相聞歌（恋の歌）とフェミニズムというと、おかしな組み合わせだと言って、笑い出す人がいる。恋愛や恋愛文学には、異性の神秘化が不可欠だと考えているのだろう。私にとって恋愛という経験は、他の出会いと同様に、世の中にはこれほど多様な生き方や考え方があるのだという発見の連続だった。だから、思い出したくもないような別れのあとでも、「もう男なんて信じない」と思ったことは一度もない。男という種族、あるいは女という種族に、若干一名（数名？）気に食わない奴がいても、それをその種族全体のせいにすることはないではないか。もちろん腹にすえかねるような発言をする人もいる。そんなときにできた歌。

酔えばすぐ女ってものはと言い出すが何人女を知ってるのやら
聖母などとわれを崇める男いて気楽ねと言い友と酒飲む
うちの女房よりすごいなとほめられて缶蹴りながら一人で帰る

私は特別に他人と違うことをやっている意識はないが、一般に言われていることと自分が肌で感じたことが違っていると、それはちがっているんじゃありませんかぁと言ってしまう癖がある。私の歌をポストフェミニズムの歌という人がいるが、そのような主義を標榜しているというよりは、私は感じたことをそのまま述べているだけだ。

びしょぬれの君がくるまる海の色のタオルの上から愛してあげる
性とは隠微《いんび》なものだと言った男らと億光年を離れて眠る
「女の子と議論をするなと言われた」だって　私はベッドで「ジャーナル」を読む
ピサの斜塔みたいに食器積み上げて口笛を吹く主夫になってよ

このような歌を読んで、まだ甘い、男に媚びていると手厳しく批判する人もいるが、私は何も、男が憎らしくてフェミニズムをやっているわけではない。

しかし、イデオロギーや主義主張というものを四角四面にとらえている人はまだまだ多い。以前、サルトルの臨終のエピソードについて私にこう語った人がある。「ボーヴォワールは実存主義者で死後の世界など信じていないはずなのに、サルトルが死んだ時、ひととき添い寝をしたいと申し出た。その願いは、既に壊疽が始まっていたためにかなえられなかったんだが、人間、いざとなると、主義主張を捨てて、感傷的になるものだね」

　それはちょっとちがうんじゃないかな。人間の自然な感情の発露を妨げるのではなくて、それを自由に発揮させることにこそ、イデオロギーや主義主張は力を貸してほしい。フェミニズムについて、友人の手紙に次のような言葉を見つけた時、私は大きくうなずいた。

「一人一人の人間が自分の生きたいように人生を生きるために、因習を取り払い、個人の選択の自由を保障するものとしてフェミニズムがあるのだと思います。」

　この言葉はある温もりをもって、いつも私を励ましてくれる。

　（引用した短歌はすべて大田美和歌集『きらい』〔河出書房新社、一九九一年六月刊〕所収）

スキャンダル、時代、制度

「嫁さんになれよ」だなんてカンチューハイ二本で言ってしまっていいの
俵万智

「これが短歌なのか？　文学なのか？」と歌壇のみならず日本中で議論を巻き起こしたカンチューハイの歌は、結局のところ、定型の枠を守っていること（短歌形式の基本）、愛唱性があること（名歌の基本条件）、誰もが共感できる感情を短い的確な言葉で表現したこと（詩の役割の一つ）、一首の中の語が曖昧でなく明確な一つの意味に限定されていること（近代短歌の基本条件）を主な理由として、すぐれた短歌として認められた。これに加えて、一首から立ち上がる女性像が、現代女性らしい心の振幅をもちながら多数の人に好感を与える女性像になっていることも、この歌の歌壇的認知につながったと言える。

『サラダ記念日』現象が現代短歌に与えた最大の貢献は、これまでも繰り返し指摘されたように、暗く生真面目な短歌的抒情からの解放であり、現代人のどんな感情でも定型の枠内で自在に表現できること、すなわち、短歌という器の融通無碍の発見だろう。その結果、短歌という器に何が盛られるかは、作者の判断に任されることになり、旧来の短歌にはなじめなかった多くの才能を、短歌形式に招来する突破口を開いた。

しかし、それと同時に、このスキャンダラスな一首が認知される過程で、短歌という制度の再確認がなされたということも、忘れてはならないだろう。短歌では何でもありだと言いながら、歌壇がすぐれた歌とみなす短歌の評価基準はさほど変わっていないし、新しい才能の参入にふさわしい新しい読み手(批評家)も育っていないように思われる。第一に、詩であることよりも、短歌であることがまず要求される。短歌は文学かという問いかけが繰り返しなされるのは、短歌は特殊だという暗黙の了解があるからである。現代文学や現代詩の批評の潮流は、現代短歌には必ずしも適用されない。たとえば、現代詩では、意味の伝達にとどまらない多義性や曖昧さが高く評価される。しかし、短歌ではそのような試みは否定される場合のほうが多い。

俵の歌の弱点と思われる平板さは、現代詩から見れば、一語の意味が極度に限定されている(「カンチューハイ」の場合は、商品記号以上の意味を与えられていない)ことに起因していると言えるだろう。しかし、一語の意味を限定するということは、短歌の世界から見れば、近代短歌の基本を忠実に守っているということになる。このような批評の「場」には、新しい読み手(批評家)が参入する余地はほとんどない。

短歌形式の融通無碍については、河野裕子が歌を作り始めた娘、永田紅にこんなことを言ったという。「好きなように歌いなさい。短歌形式はどんなものでもやさしく抱き取ってくれるから」、母親らしい優しい言葉であり、私もできれば後進にそのような指導をしたいと思う。しかし、短歌形式はともかく、短歌という制度は、どんな赤ん坊でも受け入れる優しい母親ではない。短歌という制度は、自民党のように、あるいは天皇制のように、時代の多数派の要請をすばやくキャッチして、生き延びるしたたかさを持っている。俵の歌は、その短歌という制度に、同じようにしたたかで包容力のある言葉を抱き取らせた。それは、誰にでもできることではない。しかし、そのように制度を全面的に受け入れた作品が真に時代を動かす、スキャンダラスな作品かというと、疑問が生じる。

短歌が文学、芸術であって、芸術というものが既成の価値観を疑い、時にはそれを破壊するものであるならば、短歌形式を揺さぶり、中に眠っている赤ん坊を揺りかごから落として、殺しかねない冒険をしている歌こそ、私は真にスキャンダラスな歌だと呼びたい。短歌という赤ん坊は、少し揺すぶったくらいで死にはしないのだ。しかし、これまでのところ、そのような暴挙に出た者は、「彼(彼女)は歌が作れなくなったのだ」という引導を渡されたり、「彼(彼女)は歌が下手になった」と否定されたりしてきた。短歌形式は、確かにどんなものでもやさしく抱き取ってくれるが、短歌という制度はそれを踏み外そうとする者は厳しく罰するのだ。俵以後、短歌の見かけの新しさにひかれて、短歌を作り出した者は、短歌という制度に対して、もっと自覚的になり、自らに問いかけるべきではないだろうか。俵の歌は、短歌という制度を全面的に肯定して、その枠内で一つの世界を構築した。しかし、自分はどうするつもりなのかと……。翻って、おまえはどうなのかと問われれば、自らの稚拙な作品の前に立ち尽くすばかりなのだが……。

私はある美術展(注)で、長く無視されてきた女性画家たちの作品から、次のようなメッセージを受け取った。これは、短歌という制度に対する、現在の私の態度でもあるだろう。

叩きつけ描きなぐるべし油絵がやがて絵として破綻するまで

(注)「奔る女たち　女性画家の戦前・戦後　一九三〇—一九五〇年代」展。栃木県立美術館、二〇〇一年十月二十一日（日）—十二月九日（日）。

Epithalamion（祝婚歌）　文学と社会

絵は俺の昏《くら》き内部に屹立し妻抱けば響動《とよ》む琵琶《サーザ》のごとく

グルジアの映画監督パラジャーノフの映画を一緒に見たあとで、江田浩司がこう歌った。それに対して私は、

チェロを抱くように抱かせてなるものかこの風琴はおのずから鳴る

という返歌をつくった。そして、歌人であり教師である私たちの結婚生活は始まった。

あれから九年、私は現在、東京都狛江市の自宅から、稲城市にある勤務先の女子大まで自家用車で通っている。走行距離は十五キロ足らずだが、制限速度三十キロの道が多いのと、多摩川にかかる橋とJR南武線の踏切で渋滞することが多いため、空いているときは四十分、混んでいるときは一時間ほどかかる。

子どもが生まれる前は、自分が毎日、運転するようになると

は思ってもみなかった。というのは、教習所に通っていた頃、適性検査で、つまらないことにカッとなる質だと診断されて、運転はやめたほうがよさそうだと感じたからだ。「車を運転すると人が変わる」とよく言われるが、これは「車を運転するとその人の本性が出る」の間違いではないかと、私はひそかに思っている。私はハンドルを握ると、ふだんは隠れていた乱暴な性格が剝き出しになるのだ。

それに、風にあたり、雨に濡れ、草や土の匂いを嗅ぎながら、歩いて新しい空気をからだに入れることは、創作には本来欠かせないものだと思うが、どうだろう。運転席に座りっぱなしで、窓を閉めてエアコンでもつければ、感受性はたちまち怠惰な眠りに入る。鋭敏になるのは、急に飛び出してきた人や、のろのろ運転の車へのいらだちばかりだ。

多摩川原橋にさしかかるところは、冬の晴れた日には多摩丘陵の向こうに富士山が見え、多摩川のきらめきは季節によって微妙に異なるのがわかる。かつて、この川を小田急線で渡りながら、

急行は君の住む町通りすぎ車窓に春の多摩川光る

と歌ったことがあった。しかし、そんな歌は、マイカー通勤ではとても生まれそうにない。大学周辺には、わずかながら水田も残っているのだが、私の運転するマーチは車高が低い上に、よそ見運転するわけにもいかないので、梅雨の晴れ間の水張田の輝きを見ることはできない。最初の子どもが生まれる前は私の生活はずいぶんのんびりしていて、大きいお腹をかかえながら大学のある丘を降り、川沿いの道を三十分もかけて京王線稲城駅まで歩いたというのに。

今は懐かしい短歌との蜜月時代。東大の大学院生だった二十代後半、下宿のあった馬場下から早稲田大学文学部までの坂を下りながら、まるで熟した木の実が自然に落ちるように、いくつもの歌が生まれたものだった。新江戸川公園や早稲田界隈を手帳をもって一時間ばかり歩き回るのが日課だった。若さとはそういうものなのだろうが、歌は際限なく作れるように思えた。

私は、日常語の錆を洗い落として言葉の鋭い切っ先を取り戻してやることが詩人の使命だと思っていた。特に、動詞を日常語とは異なるコンテクストに入れてやることによって、短歌に新しい局面が開けるような気がして、日本語のすべての動詞を使って歌を作りたいと意気込んでいた。音楽を聴いても、芝居を見ても、絵を見ても、からだを動かしても、恋愛をしても、何をしても歌ができた。絶好調の状態にある自分の感受性に次はどんな刺激を与えてやろうかと、よく思ったものだ。

それがストップしたのは、結婚直前の病気の発見だった。思いがけない入院生活の間、私はこれまで感受性をむやみに刺激するという形で、自分のからだをいじめすぎたのではないかと

不安になった。そして、退院後しばらくは、感受性の角をちぢめて、蝸牛のように殻に閉じこもっていた。そんな私を救ってくれたのは、第二歌集『水の乳房』のあとがきに書いたように、ロシアの映画監督タルコフスキーの日記と、韓国出身の亡命作曲家ユン・イサンの対話集だった。

いや、それ以上に、歌人である伴侶、江田浩司のおかげが大きかったかもしれない。第一歌集『きらい』以後の私の創作人生は、彼なしでは語れない。それまでの恋人たちが（といっても、その実在を私の読者はなかなか信じてくれないようであるが）、どちらかといえばディレッタントであったのに対して、江田は私と同じように、文学を人生の目的の中心に据えている人であった。

結婚した当時、歌仲間から、「鉄幹と晶子をめざせ」と励まされた。子どもが生まれる前、江田はよく「与謝野晶子にできたんだから」と言って、育児と仕事の両立をのんきに考えていたが、いざ子どもが生まれてみると、「こんな大変な生活を与謝野晶子はどうやっていたんだろう?」という驚きになり、二人目が生まれてからは、自分たちの育児と短歌を、与謝野夫妻と比べることはもうなくなった。私はといえば、晶子が長男を出産したとき、これが自分の最高傑作だと思ったという、その若さが、ただうらやましいばかりだった。

はじめて子どもを授かったとき、私は病後の憂鬱からやっと脱したばかりで、どんな身体の変化にも敏感になっていた。たとえ自分の身体の中にいても、子どもは自分とは別の主体をもつ人間だと頭で思えば思うほど、全身全霊を使った創作は胎児の成長に悪影響を与えそうで、気が進まなかった。一個の新しいヒトへの責任に押しつぶされそうだった。環境ホルモンや電磁波の胎児への影響がささやかれる現代では、そんな不安にかられる妊婦は、おそらく私だけではないだろう。晶子にはそんな不安はなかったのだろうと思うと、それもまた、うらやましい。

そんな私でも、子守歌や、オムツ替えなどの世話をするとき子どもに唄ってやる唄（短歌ではない）を数えきれないほどつくった。どれも、わらべ唄みたいに単純な歌詞で、自然に湧いたような単純なメロディーだ。そう言えば、小学生の頃、歌謡曲やテレビ番組の主題歌の替え歌をつくっては回覧して、クラスで流行らせたことが懐かしく思い出される。今、二歳半の次男は音楽が好きで、私の作った唄を一緒に唄ってくれるが、これらの唄が譜面に書き留められることはたぶんないだろう。私がそんな唄を唄ってやったことも、彼らの記憶の奥底に沈んで、やがて忘れられてしまう……。

子どもを育て、英語教師としての仕事をし、アン・ブロンテやジョージ・エリオットやトーマス・ハーディについての論文を書くことに加えて、一九九三年から「婦人公論」の「今日の本棚」（現＝今月の本棚）の欄の執筆者の一人に加えてもらったことは、少ない時間をやりくりして本を読み、自分の考えをまとめる訓練になった。歴代の担当編集者たちの、一冊の雑誌を世に送り出す情熱と思いの深さに接しながら、文学修行をする絶好の機会を与えてくれたことに感謝している。この仕事を通して二〇〇〇年に出会った本の中から忘れがたい二冊をあげておきたい。一冊は、ジャン・F・フォルジュの歴史教育論『21世紀の子どもたちに、アウシュヴィッツをいかに教えるか?』(作品社)。もう一冊は、アンドレイ・マキーヌの小説『フランスの遺言書』(水声社)である。

『21世紀の子どもたちに、アウシュヴィッツをいかに教えるか?』の著者フォルジュは、フランスの高校の歴史教師である。彼は、アウシュヴィッツのような野蛮な行為を繰り返さないために、アウシュヴィッツでなされたことについて、子どもたちにどう教えたらいいだろうかと問いかけ、具体的な教育方法を示している。この本の背景には、現代ドイツの歴史家論争とフランスの「記憶の義務」論争、ヨーロッパ各国での歴史修正主義者の隆盛に対する危機感があるのだが、私がもっとも感銘を受けたのは、事実を徹底的に知ることを重んじるフォルジュの、芸術に対する敬意である。芸術作品だけが、おぞましさを前にして怯んだり、おぞましさに魅惑されたりすることから我々を守ってくれるとフォルジュはいう。芸術への信頼が人類を救ってくれるかもしれないと、大いに励まされた。この本の冒頭で著者がビルケナウの女子収容所の壁に舟の絵が描かれているのを見て、ブリューゲルの『死の勝利』(骸骨姿の死者たちが生者たちを大量虐殺している絵)を連想するという導入部は、実に忘れがたい。

この本を通して、私はプリーモ・レーヴィ(一九一九～八七)にようやく出会うことができた。プリーモ・レーヴィはイタリアのユダヤ人であり、詩人、科学者、アウシュヴィッツを生き延びた証言者である。私は今、『溺れるものと救われるもの』(朝日新聞社)などのレーヴィ自身の著作と、徐京植の『プリーモ・レーヴィへの旅』(朝日新聞社)をはじめとしたレーヴィについての著作を集めて、読みはじめている。そして遅まきながら、クロード・ランズマンの映画『ショアー』を見ることによって、戦争と殺戮の世紀であった二十世紀から二十一世紀への希望の橋渡しをするという作業を、一人ささやかに続けようとしている。

マキーヌの『フランスの遺言書』(水声社)は、みずみずしい言葉で綴られた自伝的小説である。一九五〇年代末のシベリアに生まれた少年が、ベル・エポックのパリとスターリン支配を経験したフランス人の祖母の昔語りという媒介を経て、言葉の不思議にめざめ、異なる文化と歴史にめざめ、性と愛にめざめる。著者はペレストロイカの時、ビジネス一辺倒の世相に絶望して渡仏。ペール・ラシェーズ墓地の祭壇で雨風をしのいで小説を書いた。フランスでも、古きよき文学は失われたというが、日本の状況もさして変わらない。

私自身、大学で英語を教えていて感じるのは、今の学生たちが大学に入る以前に、文学は社会とは何の関係もないから役に立たないし、つまらないと思いこまされていることである。それでも、授業中に「すぐれた文学はその時代のすぐれた感性の証言である」というアナール学派（フランスの歴史学の一派）のことばを紹介すると、進んでメモを取る学生もいるし、一首の歌にこめられた思いの深さを知って涙を流す学生もいる。非常勤先の英文科のゼミでは、アン・ブロンテの小説が当時の結婚をめぐる裁判や法律に基づいて構想されているということに、多くの学生が興味を示した。

となれば、世間に喧伝されている学生の文学離れは、学生の意識の問題というよりは教育の問題なのだ。大学で文学研究者として生きていくことがますます困難になっている時代でも、人が人として生きていくために文学は欠かせないという私の信念に揺るぎはないが、目先の変化にばかり気をとられている日本の大学の現状では、文学に未来があるのだろうかという暗い思いにしばしばとらわれる。

しかし、そんな暗い思いを振り払うように、マキーヌの小説の詩的な言語空間で深呼吸したとき気がついた。この、祖母の語りによって、飲んだくれの男がスターリングラードの戦いのあとで見た岸辺の葦と小魚の群れは、永遠の命を与えられている。（この葦と小魚の群れのシルエットは、まぎれもなく、タルコフスキーへのオマージュであろう）。それと同じように、二十世紀の終わりにルワンダやボスニアやチェチェンで人々が感じた絶望や喜びも、人と言葉があるかぎり永遠の風景として立ち上がり、誰かの心に刻まれることだろう。なぜなら、この祖母が大戦で恋人を失い、中央アジアで輪姦され、夫と娘に先立たれたあとで、〈あんなに美しいのは、彼女の目や顔や体から、あの光と美の瞬間瞬間がすべて透けてみえるからだ。〉――私たちはまだ、間に合うのだろうか？

今、私の自家用車にはいろいろなCDが積んである。スザンヌ・ヴェガの「欲望の九つの対象」は、出産後、以前よりたくましくなったスザンヌから元気がもらえる曲だ。多田武彦の男声合唱組曲『雨』は、八木重吉の「雨」がすばらしい。〈雨があがるように　しずかに死んでゆこう〉などとは、私にはおよそ言えそうもないが、彼の静かな信仰に心打たれる。先頃亡くなった高田三郎の混声合唱組曲『水のいのち』も、最近よく聞く曲である。このうち、「水たまり」は高校の合唱祭で歌った曲で、それがメッセージ性に富んだ現代日本の合唱曲の魅力との最初の出会いだった。そして大学では迷わず混声合唱団に入って、バッハやパレストリーナのミサ曲を歌った。

このように二十歳前後で合唱に親しんだことは、私が難解な現代詩ではなく、愛唱性のある短歌を作ることに影響を与えたのではないかと今にして思う。オペラ合唱曲集のうち、ワーグナーの歌劇『タンホイザー』の大行進曲「歌の殿堂をたたえよう」は、気分を一新するのに欠かせない。子どもたちのためには、童謡集とウルトラマン主題歌集のCDを積んでいる。子どもの頃、夢の中でよくウルトラマンに変身して闘ったことも今では懐かしい。あのリーダーシップを取るのが好きだった活発な女の子は、今も私の中に生きているのだろうか？

運転中、CDを聞かずにJ－WAVEやFEN（現＝AFN）を聞くこともあるし、子どもたちを保育園から連れ帰るときにすぐ子ども番組が聞けるように、教育テレビにダイヤルを合わせておくこともある。聞く番組やCDによって、私の心の別々の場所が交響し、鳴り響く。高校生になるまでピアノを手に入れることができなかった私にとって、音楽は永遠のあこがれだが、限りある自分のからだの中に、このようにさまざまな音楽の受容体があることを、両親と天に感謝したい。創作をしているときも芸術作品に触れているときも、いのちある限り、私という楽器に備えられたすべての鍵盤を鳴らしてみたい。

美和ママの短歌だより

1

こわれた樋を落ちる雨音「あした晴れ？　あしたのあしたは晴れ？」って響く

「誕生日に、うちの娘が「あっちゃん、もう三歳になったから、知らないおばちゃんが迎えに来ても泣いたりしないよ」って言ったの」

話し終わったA先生の目に涙があふれました。食堂から見える池はどんよりと濁っていて、雨は今日一日やみそうにありません。A先生は私より三歳年上で、心理学の先生です。大学の仕事が終わったあとも、セミナーや研究会に出席して、保育園のお迎えはベビーシッターさんに頼むことが多い、と聞いていました。私も夜の研究会や読書会に出たいのは山々ですが、保育園に預けた後で、また別の人に預けるという二重保育が、子どもの心にかかる負担を思うと、踏み切れずにいました。A先生はカウンセラーでもあるから、子育ての勘所をきちんと押さえた上で、納得してそうしているのだろうと思っていました。

――そうか、A先生も、普通のお母さんと同じように、悩みながら生きているんだ。そして、その悩みを、子どもは子どもなりに引きうけて、お母さんを応援しようとしている。

「えらいねぇ」とも、「けなげだね」とも簡単には言えないような気がして、私が黙っていると、

「それからね、もう三歳なんだから、ケーキを二つもらってもいい？　と言って、私の分までぺろっと食べちゃったのよ」

A先生はにっこり笑いました。明日は梅雨の晴れ間が見えるかもしれません。

2　夏の思い出

夏の風稲城の丘より吹き下ろし保育園まで駆けて行きたし

「グラスは洗ったあとすぐふかないと、汚れがつくからね」

すぐそばでB先生の低い声が聞こえたような気がして、はっとしました。B先生は写真の笑顔になってしまって、ユリや菊に囲まれて祭壇の上にいるというのに。

ひぐらしが鳴き始めて、焼香の列が静かに進んでいます。先生は六十歳を過ぎたばかりでした。病気を隠して最後まで教壇に立ったそうで、知らずに授業に出ていた学生たちは、先生の突然の死に驚き、泣きはらしていました。

四十年前、B先生は大学院在学中に婚約しましたが、婚約者は奨学金を得てアメリカに留学。待つのは女というのがあたりまえだった時代に同級生や先輩が、「男だったら連れ戻せ」と大合唱する中、B先生は婚約者を二年間待ったそうです。その後、夫婦そろって英文学者としての活躍が始まりました。子育て中もB夫人が次々に本を出版できたのは、B先生の協力と応援があったからでしょう。女子大学院生はみな、「B先生みたいな素敵なダンナさまを見つけたい」と夢見ていたものでした。

でも、家庭生活では奥さんの負担のほうが大きいのでは？と思っていた矢先、読書会の後片付けを先生と一緒にしたことがありました。私がコーヒーカップやグラスを洗い上げて、かごに伏せたままでおしまいにしようとしたところ、先生は「すぐふかないと汚れがつくから」とおっしゃって、布巾でふいて、食器棚にしまい始めました。日ごろ家事をしている人でなくては、絶対に気がつかないことでした。

本堂からフォーレの「レクイエム」が流れてきて、近親者のみの通夜が始まったようです。大学院を修了してから十年、私自身、同じ教師であり歌人でもある夫と、けんかしたり話し合ったりしながら、仕事に育児に奮闘しています。先生がお元気だったころに、近況報告をしたかったと悔やまれてなりません。

「それじゃ、リュウちゃんのママが迎えに来るまで待っていようか」

「やったあ」と言って、リュウちゃんとちひろは、またブービーカーに乗り始めました。

「ねえ、見て見て」と頭の上を指さす子どもにつられて見上げると、たわわに実った柿の実が色づき始めています。

「早く食べたいなあ」と一緒に見ているうちに、夕方の保育園の子どもは柿の実に似ているなあと思いました。園庭で群れをなしてあそんでいる子どもたちを、お母さんやお父さんが、一人ずつ大切にもぎとって、ふところに抱えるように連れて帰るからです。

夕方の子どもは、抱っこすると、朝よりもずしんと重く感じられます。私はその重さで一日の疲れを知るとともに、「今日一日、保育園で元気にあそんでくれて、ありがとう」と思うのです。

4

サンタクロースのひげにさわった夢をみた　わたあめみたいに光っていたよ

上の子が四歳になったばかりのクリスマスのことです。ちひろは、サンタクロースにプレゼントをもらうのをとても楽しみ

3

園庭に夕べは重くなる木の実　もぎとるように子を連れかえる

その日は思っていたよりも早く仕事が終わり、保育園へのお迎えもいつもより三十分早く着きました。ちひろは仲よしのリュウちゃんと園庭でブーピーカーを乗りまわしていました。

「ただいま」と声をかけると、ちひろはお気に入りの青いブービーカーを放り出して、私に飛びついてきました。一緒に走ってきたリュウちゃんは、くしゃくしゃの泣き顔に変わりました。

「ちーくんのママは、もうお迎えに来たのに、ぼくのママはまだなの」

それだけ言うと、涙がぽろりとこぼれました。

このところ私は、リュウちゃんのママと、夕方同じ時間に保育園に来ていました。リュウちゃんは時計がまだ読めないので、「ちーくんのママが迎えに来たら、ぼくのママが来る時間だ」と覚えていたのでしょう。ちーくんのママが来たのに、自分のママの姿が見えないので心細くなったのです。

「だいじょうぶ。リュウちゃんのママも、もうじき来るよ。今日はおばさん、早く来すぎちゃってごめんね」

と私が言うと、リュウちゃんはわかったような、わからないような顔をしていました。

にしていました。その期待にこたえたかったけれど、あいにく私は風邪をひいてしまって、遠くのデパートまで買い物に行けませんでした。そこで、二人が昼寝をしているすきに、近所の薬局とスーパーマーケットで、ちひろにはサッカーボールの形のチョコレートと十二色のクレヨン、ちうねにはたまごボーロとおしゃぶりを買いました。

いよいよ、クリスマスの前の晩です。ちひろに二人分の靴下を枕元に並べさせて、サンタクロースのお話を読んでから、二人を寝かしつけました。さて、問題はプレゼントをいつ靴下に入れるかです。あまり早く入れすぎると、夜中にサンタが来たという実感がわきません。というのも、ちうねはいつも夜中の二時過ぎに目をさますし、ちひろは夜明け前におしっこに起きるからです。早朝、二人が熟睡しているわずかな時間に起きられるかしら？　と心配しながら、眠りました。そして、四時半になんとか起きて、子どもたちが目をさまさないか、どきどきしながら、押し入れに隠しておいたプレゼントを靴下の中に入れたのです。

朝、「サンタさん、やっぱり来たんだねえ」という、ちひろの声で起こされました。

「煙突がないのに、どこから入ったのかなあ」と不思議そうでしたが、サンタさんが来てくれたことがうれしくてしかたがないようでした。

数日後、子どもたちを連れて、薬局に紙おむつを買いに行きました。店の中を走り回っていたちひろは、ちうねがサンタさんにもらったのと同じおしゃぶりを見つけて、「あ！」と指さしました。

——しまった、見つかっちゃった！

と私が思ったとき、ちひろは得意そうにこう言ったのです。

「ママ、サンタさんはここでプレゼントを買ったんだね」

まさか、そのサンタさんがママだとは、夢にも思っていないようです。子どもの信じる心って、なんてすばらしいんでしょう。これが私にはいちばんのクリスマスプレゼントでした。

5

先生のおめめに水がたまってる　お別れは握手でバイバイバイ

ちうねの保育園の担任のC先生が、家庭の事情でやむをえず退職されることになりました。保育園ではささやかなお別れ会が開かれて、子どもたちはほかの先生の用意した花束をC先生に渡したそうです。お別れが何なのかまだわからず、きょとんとしながらも、C先生にちゃんと花束を渡したということでした。私たち父母も先生に感謝の気持ちをこめて、ささやかなお餞別を贈りました。数日後、C先生から子どもたち一人ひとりに、きれいなお花の絵のついたカードが届きました。ちうねがもらったカードには、こんなメッセージが書かれてありました。

「たべることがだいすきなちうねくん。ちうねくんは、とても力持ちですね。ちうねくんが大きくなったら、その力を、たくさんのひとのいのちを救った杉原千畝さんのように、みんなのしあわせのために使ってくれることを、先生はねがっています。」

杉原千畝さんとは、第二次世界大戦の戦争中のリトアニアでナチスドイツの迫害から逃れようとしたユダヤ人のために、外務省の反対を無視して、日本通過の通行許可証（ビザ）を発行した外交官です。彼の勇気ある行動のおかげで、六千人のユダヤ人が命を救われました。私たち夫婦がこの方の名前を下の子につけたのは、杉原さんのように、自分がいる場所で、自分の判断で、最善のことができる人になってほしいと願ったからでした。その願いに先生は、さらに素敵な意味を付け加えてくださったのです。

先生は、みんなのしあわせのために、と書いておられましたが、「しあわせ」という言葉がこんなに重いとは、今までに思ったことがありませんでした。このところ、私は忙しさにかまけて、家庭にも仕事にも恵まれているのに、しあわせであることを当たり前のように感じていたのです。C先生はお若いけれど、しあわせになることの大変さをよく知っていらっしゃるのでしょう。このカードは、ちうねが字が読めるようになるときまで、大切にしまっておくつもりです。

イザベラ・リントンを短歌でうたえば

「創作は拡散する作業であり、研究論文を書くのは集約する作業だ」と言ったのは、現代の作家マーガレット・ドラブルだったろうか。なるほどそのとおりだなと思いながら、私は英文学の論文を書き、短歌を作ってきた。もっともドラブルのように目から鼻に抜ける秀才ではないので、創作と研究を明確に峻別することもなく、非常に不器用にゆっくりとである。

なぜ短歌も作り、英文学の研究もしているのかとよく聞かれるが、どちらも好きだからという以外にはっきりとした答えは持ち合わせていない。私が短歌で取り上げる主題は、恋愛、結婚、性、文学、音楽、絵画、子ども、現代の風俗、生と死など、いろいろだ。このうち、文学を取り上げる場合、ある発想が浮かんだときに、なぜそれが短歌になるのか、あるいは論文になるのかは、私自身も、正直なところ、よくわからない。『嵐が丘』の作中人物を登場させた短歌を一例に、そのあたりがどうなっているのか考えてみたいと思う。

数年前、「英語青年」に、「『ワイルドフェル・ホールの住人』

から見た『嵐が丘』の眺め」という論文を発表したとき、熱烈なブロンテファンから抗議の手紙を受け取った。私がイザベラ・リントンを「自分さえよければいいという性格の弱さ」をもつ人物と断じたのは、不当だというのである。

私の論文は、『嵐が丘』の中心主題は、卑小な人間のもつ感情容量の驚くべき大きさにあると論じたもので、キャスリンとヒースクリフの欠点にも触れており、イザベラにだけきつい見方をしたわけではなかった。だが、その後、イザベラのために何かしたいという気持が心のどこかに残ったようだ。これを契機に、「イザベラ・リントンから見た『嵐が丘』の眺め」という論文を書くことも可能だったのだろうが、数か月後、こんな形の短歌になった。

夜泣きの始まるまでの数分わたくしはイザベラ・リントン
拉致してください

創作の動機として、イザベラ・リントンを題材に一首作ろうということが初めにあったわけではない。子供の夜泣きから解放されたいという思いがまずあった。「解放」ではなく、「拉致」という言葉が浮かんだのは、当時、北朝鮮への日本人拉致事件など、いくつかの拉致事件が起こって、「拉致」という文字が新聞を賑わしたからだと思う。

「解放」というと、真っ当な表現だが、「拉致」は本来、ネガティブな言葉であって、「拉致してください」という日本語は、文学的なコンテクスト以外の通常の場面では、まず存在し得ない。だから、自分自身や家族が「拉致」された経験のある人がこの短歌を見たら、非常に不愉快に感じることだろう。しかし、私が狙っているのはもちろん、読者を不愉快にすることではなく、言葉を日常とはちがうコンテクストに解き放って、その言葉の生命力を取り戻してやることである。

「拉致してください」という言葉を思いついてから、その言葉を発するにふさわしい作中人物を捜した。すると、すぐにイザベラ・リントンが浮かんだ。何不自由なく育ち、相続権まで約束された身分に飽きて、衝動的にヒースクリフに身を任せるイザベラの愚かしさと、子どもに恵まれたのに夜泣きから解放されたいと願わずにはいられない母親の愚かさ。一見無関係に見えるこの二つが、私の中ではしっくりと一致したのである。同じ頃、同じ主題でこんな歌も作った。

生き延びたシルヴィア・プラスは朝ごとに子に用意するし
ょっぱいミルク

最後に問題。最初にあげた歌の「拉致してください」という言葉は誰に向けられているのだろうか。夫以外の恋人？　それとも、夜泣きの苦労をわかってくれない夫？　あるいは、不特定多数の第三者？　この問いの答えは、読者のみなさんに考えていただきたい。みなさんがご存じのように、作者は作品のすべてを掌握しているわけではなく、作者もわからない余白の部分を埋める楽しみが、読者にはきっと開かれているはずだから。

両姓併記パスポート獲得記

結婚制度を使いこなす

パスポートがほしい

二〇〇四年八月、十数年ぶりに学会出張のため英国に出かけた。こんなに長い間外国に出なかったのは、二十代終わりの大病とその後の定期的なメディカル・チェックの必要、結婚と出産・育児や、前任校での学期中の海外出張禁止などの仕事の忙しさだけが原因ではない。笑われそうだが、離婚せずに通称である大田美和という名前のパスポートが堂々と手に入るまでは、どうしても出国する気になれなかったのだ。しかし同年春、自民党有志提出の選択的夫婦別姓法案があっけなく提出を見送られたのを見て、改正まで待っていたら寿命が尽きると判断し、魅力的な学会の誘いがあり、出張のための研究費もいただけたので、パスポートを取りに行くことにした。

最初の職場での旧姓使用

一九九三年にはじめて就職したときから、私はずっと旧姓である大田を通称として使ってきた。私の就職先は新たに設置の許可を求める四年制大学の学部だったため、文部省（当時）に提出する膨大な書類の記入が必要になり、その書類の氏名は戸籍名でなければならないのかという差し迫った問題があった。就職できるのは嬉しかったが、今まで大田美和の名前で発表してきた論文名を並べた書類に別の名前を記さなければならないことには抵抗を感じた。当時は夫婦別姓はまだ一般的な概念ではなかったから、わずかな事例を必死で捜さなければならなかった。

まず、図書館情報大学の教員による旧姓使用を求める裁判を支援する団体「氏名を大切にする会」に加入して、さまざまな情報を得た。それから、別姓使用のためのハンドブック（当時は二冊しかなかった）を購入して作戦を練った。ハンドブックを読んで驚いたのは、外務省の高官は別姓パスポートを発行してもらっているという事実だった。知り合いのまた知り合いに問い合わせる形で、文部省への提出書類の通称使用は問題ないという前例がようやく見つかって、就職先にその旨、説明した。そして職場でも健康保険や年金などやむをえない場合をのぞいて、大田美和という名前を使いたい希望を告げて了承を得た。

新しい研究室のドアのプレートを恐る恐る見上げると、大田美和とあったので嬉しかった。とはいえ、金銭が絡むことはすべて戸籍名を使うよう指示されたので、研究費で図書を購入するときも、他大学の図書を借りるときも、教科書会社に教科書を注文するときも、戸籍名を使わなければならなかった。学会費を研究費から捻出する場合もそうだったから、振込用紙に両姓を併記してから通信欄で事情を説明し、名簿の氏名訂正は必要ないと学会の事務局に伝えた。通称でいいのか、戸籍名でなければいけないのかはケース・バイ・ケースであり、そのつど事務職員に尋ねなければならなかった。そのために煩瑣な作業を強いられたという印象を職員が得たとしても不思議ではないだろう。

それでも、教室でも学会でも、結婚前と同じように大田姓を名乗れることは嬉しかった。とりわけ同僚となった教員の中に、旧姓使用を希望しながら結果的には折れて、戸籍名を使うことになった教員が複数いることを知ってからは、彼らと共闘できなかったことを残念に思うと同時に、頑張ってよかったと改めて思った。もっとも頑張りすぎたために就任当初から目立ってしまい、のちに産前産後の休暇を二回、育児休業を一回取ったあとで、やや居心地の悪い思いをすることになったのも事実である。

けっしてわがまま放題をしたわけではないのだが、もう少し角が立たない方法もあったのではと反省するとき、思い出すのは、職場での旧姓使用は勝ち取れなかったものの、同僚に旧姓で呼ばれることになった二人の同僚のことである。一人は、最初の会議の席で、「私は二つの名前をもつ女です」というユニークな自己紹介をして、「え？　どういうこと？」と驚く同僚にすかさず旧姓の名刺を配り、旧姓を定着させてしまった。もう一人はホームパーティを開いて夫を紹介し、「研究室のドアに書いてあるのはこの人の名字で、私の本当の名前は○×です」とこれまた同僚に旧姓を定着させてしまった。実に巧みで感心した。

私が大田美和という名前を名乗りたいのは、ただその名前が気に入っているからという単純な理由なのだが、もっと深刻な理由に基づく旧姓使用もあることをこのとき知った。前述の同僚の一人は、かつて戸籍名で新聞の投書欄に投書したところ、夫が会社の上司から叱責され、それ以来、旧姓を使っていると語った。今は個人主義の時代になったからこのようなこともたぶんなくなっただろうが、なぜ夫婦別姓なのかという議論をするときには、夫婦であっても個人としては別であるという基本を確認するために思い出したい事例である。

そんな思い出も、今では懐かしい。時代は移り、前任校勤務の最後の年には、高校訪問で使う名刺も通称のみでよいことになった。就任当時だったら考えられないことである。私がお上に楯突いているのではなく、通称でなければ、私が雑誌に連載している書評の書き手であり、対談の記事に出ている写真の人物であることがわからなくなり、私にとっても、学校にとっても利益にならないということにようやく気づいてくれたのだ。そして本学（中央大学）に就任した二〇〇三年、旧姓使用願を書くだけで、面倒な手続きからは解放され、やっと新しい時代の入口に立ったと感無量だった。

いざ、パスポートセンターへ

さて、前置きが長くなったが、問題の両姓併記パスポートの話をしよう。今は二十一世紀だから、夫婦別姓について以前より多くの情報を得ることができたが、両姓併記パスポートの獲得が難しいことに変わりはない。インターネットサイトでは「外務省という『出島』を利用して、日本を夫婦別姓へ向けて開国しよう」というアピールが目を引いた。

それから、パスポートセンターに電話をかけて、通称併記のパスポートを取得するのに必要な書類は何かと問い合わせたら、親切に教えてくれた。外国で出版した著作や外国との手紙などで通称を使っている証拠をできるだけたくさんもってくるようにということだった。

パスポートセンターには、体調がよく時間的にゆとりのある日を選んで出かけた。黒のパンツスーツの下にニューヨーク在住のアーティスト草間彌生の dods obsession の紅いTシャツを着た。「そんなパスポートは発行できません」と言われて逆上し、翌日の新聞に「中央大学文学部教授、パスポートセンターで大暴れ、逮捕」という記事が出ては困るから、なるべく控えめに自分の希望を伝えるつもりだが、「自分の名前のパスポートを取るのになんでこんなに苦労しなくちゃいけないのよ！」と怒りたい気持は抑えがたい。声高に自分の主張ばかり唱えて相手の反感を買ってはいけないが、さりとてけっして妥協はしませんと自分を励ますつもりのコスチュームである。

　まず普通の窓口に並んで「通称併記のパスポートを作りたいのですが」と申し出た。職員は私が何を言っているのかわからないようだった。もう一度、「通称併記のパスポートを作りたいのですが……」と繰り返し、「海外の学会に出張するため、学会で使っている通称を併記したパスポートを作りたいのです」と説明すると、職員はあいかわらず外国語を聞いているような顔をしていたが、他の職員に助けを求めてから、別の窓口で別の担当者に相談するようにと応えた。

　普通の窓口がスイスイと進む間、担当者が来るのをしばらく待った。出てきた担当者は私の要求が何かは少なくともわかっている人である。「もってきた書類を見せて下さい」。そこで、今回の学会の参加費を小切手で郵送した際のデリバリーと、学会の事務局からのEメールと手紙を並べて見せた。

「外国で発表した論文や本はないんですか？」

「ありません」

「そうですか……。それでは無理ですね」

　外国で発表した論文や本がないのは私の研究者としての怠慢である。しかし、教授会で昇格審査をしているわけでもないのに、なぜここでそれを問われなければならないのか？　パスポートを発行する側の論理としては、「外国で著名な方が、その名前のパスポートがないと不便でしょうから発行してあげます」ということなのだろう。

　しかし、私はやっと病気も直って、子どもも少し大きくなって、さあこれから外国で仕事をしようとはりきっているのに。あれほど苦労して国内で十年以上も通称で仕事をしてきた蓄積が、外国で戸籍名で仕事をすることでなし崩しにされるとは。そんなことを考えていると、畳みかけるように、

「外国で発表したものがあれば、すぐに出せるんですけどねえ……」

　職員は皮肉を言っているわけではなく、現実を言っているだけだ。ここで腹を立ててはいけない。どうにかして両姓併記のパスポートを獲得しなければならない。自分を抑えながら、

「職場でも、学会でも、十年以上も通称で仕事をしてきたんです。外国でだけ、通称が使えないのは困るんです」

「でも、外国で発表したものがないとねえ……」

大田美和は法律上存在しない!?

　しかし、あくまでも私が「それなら戸籍名だけで結構です」と言わなかったせいか、職員のほうからこう提案してくれた。

「だめもとで、外務省に電話で問い合わせてみましょうか？　たぶん、だめですけどね。それでだめだったら、あきらめますね？」

「お手数おかけしますが、お願いします」

「しばらく座ってお待ち下さい」

　一時間以上待たされるかと覚悟していたら、十分もたたない

うちに呼ばれた。

「お待たせしました。大丈夫でした。……世の中、変わるんですね」

拍子抜けしたような様子である。

「ありがとうございました。お手数おかけしました」

よかった、よかった、あきらめないで。ほっとしたところへ、職員が一言。

「でも、今の日本の法律では、大田美和という人は存在しないんですよ」

「そのとおりですね」

と愛想笑いを返すほかはなかった。

このあと、東京都知事宛に使用願書なるものを書かされて、ほかの必要書類とともに提出し、一週間後には通称名が括弧書きで併記されたパスポートが発行された。私の生活実感としては戸籍名のほうを括弧書きにしたいところだが……。

晴れて両姓併記のパスポートを得て出国できたおかげで、研究と教育の両面で刺激を受けたばかりでなく、こんな短歌作品を作ることができた。

旅はおんなの羽衣なれば二人子の年齢を聞かれて即答できず

パスポートの中の二つの名字にはおさまりきれない無数の私

徐京植の『ディアスポラ紀行』携えて両姓併記後二度目の出国

以上、何だか偉そうな「戦勝記」になってしまったが、私とて自分の戦果にただ酔いしれることはできなかった。婚外子や在日外国人など、自分の名前を名乗る自由を制限されている人々がいることを思うと、結婚制度の中で保護された上に別姓まで名乗りたいという私の要求は虫がよすぎるのではないかと思えてならない。しかし、例の職員の最後の一撃が私を正気に戻してくれた。

大田美和が法律上存在しないのであれば、それを法律上存在させるための法律を作ることは絶対に必要である。

父の一族の記憶

泣きながら父の見送りし祖父の忌よ家族史の中に戦争はあり　（『きらい』）
「ところにより雨」なら必ず降るあたり高知県安芸郡馬路村　（『水の乳房』）
声低くかつての存在を主張する戦場からの祖父の絵はがき　（同）

ニューギニアで戦死した祖父をめぐる家族の記憶の物語は、とぎれとぎれに私に伝えられた。祖父の出征のとき、まだ三歳だった父が「行かないで」とトロッコ列車を泣きながら追いかけたこと。戦場から日本に戻ってきた白木の箱には現地の砂と石しか入っていなかったこと。戦後の高度経済成長期に一族の中でただ一人上京した父に、祖母は長い間「父のお金です」と言って、遺族年金の一部を送ってくれていた。

祖父の出征と戦死に対する「仕方がなかったのだ」という一族の態度は、靖國神社に対する態度にも表れている。父の実家の仏間には、若い兵隊姿の祖父の写真と靖國神社の写真が並んで飾られていたが、英霊が祀られている有り難い神社だからその写真を飾るというよりは、国家がここに彼が眠っているというから、写真を飾り、参拝もするというように見えた。

祖父は村の兵隊学校の先生として教え子を戦地に送り続けることに耐えきれず、辞職すれば自分にも召集令状が来るとわかっていたのに、辞職したという。自分からいたたまれない気持になったのか、それとも周囲によって（たとえそれが悪意ではなくても）追い込まれたのか、その心境を確かめる術はない。三十歳で、三男一女を育てるために食堂を開いた祖母に、何を思って戦後を生きたのか聞くこともついになかった。白髪のない黒髪が自慢だったことと、祖父の五十回忌を済ませるまでは死ねないという気概だけが思い出に残った。

私が大学に入学したとき、伯父は「早稲田か。それなら澤地久枝みたいにならんとな」と言った。父が愛読していた週刊誌に連載されていた『ミッドウェー海戦』を私も読んでいたが、自分にそこまでの仕事ができるだろうかと身震いがした。彼は私に「女はおいちゃんのような消防士にはなれんぞ」と説教したこともあったが、小学生の私に「本を読むのが好きなら、将来は学者になるか」と励ましてくれた人でもある。

私はこの人たちの思いを代弁することはできないだろう。しかし、彼らが確かに生きていた記憶、語り伝えられるうちに形を変える不確かな記憶の物語に刺激されて、表現者である私は表現せずにはいられない。たとえ、その表現が彼らの意に添わないかもしれなくても。

国家の歴史の中に個人がいたのではなく、家族の歴史の中に戦争があったのだ。戦争とは、個人としての生をささやかに全うしようとしていた人々に、国家によって加えられた理不尽な暴力であるという思いは今も変わらない。

「国家」を歌う者は誰か？

職場の大学の「九条の会」に入っている。国際法や政治の学習会には参加しないで、高遠菜穂子さんの講演会や「ガイサンシーとその姉妹たち」の上映会のお手伝いはするというい加減な会員なのだが、なぜか学部の世話人の一人になっている。

イベントの後の懇親会に参加すると、学生からも教員や地域の方からも、「英文学が専門のあなたが、なぜこの会に参加しているのですか？」と必ず聞かれる。「現代の英米文学批評はジェンダー批評やポストコロニアル批評などのように、文学の旧来の守備範囲を超えて、現実との関わりを可能にしたから」などと答えても納得してもらえない。

納得してもらえるのは、私が短歌を作っていて、近藤芳美に師事していると説明したときだ。今の大学生には、近藤芳美がどのような仕事をしたかから始めなければならないが、中年以上の人にはその説明は要らない。「朝日歌壇」の近藤芳美選歌欄を愛読していた人も多い。「近藤芳美さんが亡くなってから、「朝日歌壇」は「今朝、茶柱が立って嬉しい」みたいなちっぽけな歌が多くなりましたね」とは同僚のドイツ文学者の鋭い指摘である。

近藤さんの仕事が文学と社会との関わりとして評価されているのは本当に嬉しいが、最近の短歌が果たして文学と社会との関わりについて思考を続けているかというと、非常に危ういものを感じる。

短歌の伝統とはよくいうが、近代国家における伝統とは、構築されたもの、もっとわかりやすい言葉でいうと、捏造されたものだ、ということをほとんど誰も考えていない。たとえば、平成天皇制の下で再構築された「歌会始《うたかいはじめ》」。少なくともマスコミ報道のレベルでは、ここで披露される歌は和歌ではなく、短歌ということになっている。この新しい伝統の構築に歌人がどのように関わっているか、自覚的な歌人が何人いるだろうか。

これは、誰々が「歌会始」の選者に選ばれたことを批判するというようなことではない。数名の歌人がこの制度に組み込まれることで、歌人一般あるいは短歌という文学形式がどのような位置づけをされているかということに、もっと自覚的にならなくていいのかと思う。

現代では、権力について語るとき、悪辣な権力者と善良な民衆、というような単純な二項対立では説明できなくなった。私たち一人一人が知らないうちに権力を下支えして、権力の存続に力を貸している。時代が変わっても、「政治」を嫌いつづける日本人の存在こそ、このような権力の存続に打ってつけの存在ではないか。そのような手ごわい権力を覆す契機を見いだすことが、現代の文学批評、創作活動であるはずなのだが、歌人も、文学研究者も、もう少し頑張れと自戒をこめて思う。

標題はガヤトリ・スピヴァックとジュディス・バトラーの対談集の翻訳（岩波書店刊）より拝借した。難解をもって知られる思想家二人だが、対談集は比較的読みやすい。歌うのは、「国歌」ではなく、「国家」であることに注意してほしい。

一歌人の死を未来につなげるために

「戦後短歌の牽引者」と呼ばれた歌人近藤芳美が二〇〇六年六月二十一日に亡くなって、四年目になろうとしている。彼の仕事をいかに継承するかと考えることこそ、この巨大な歌人を追悼するのに最もふさわしい方法ではないだろうか。

　私は「朝日歌壇」で近藤芳美の選を受けたことをきっかけに二十年近く師事した者として、英文学の教師・研究者である立場から、近藤芳美を中心とした戦後短歌の今後の研究の可能性について述べてみたい。

　近藤芳美は現代歌人としては、おそらく稀な芸術的関心と深い歴史認識を有した歌人である。彼がブラックやルオー、ケーテ・コルヴィッツの絵と版画を愛蔵していたことは有名だが、二〇〇六年に日本現代詩歌文学館で開催された近藤芳美展では、近藤家から長く行方不明になっていた上野省策の油彩画『憂愁』が展示され、近藤の鑑識眼の確かさを改めて認識させてくれた。

　この絵は第1回「アンデパンダン展」に出品されたが、近藤以外一人の買い手もつかなかったという。中央に巨大な軍靴が置かれ、左上方に倒れた民衆の群、右上方に子を抱えたまま息絶えた母親、下方に不安げな二人の子ども（二人はこちらを見据え、一人は俯いている）を配したこの絵は、社会現象を長い歴史の流れの中でとらえ、インテリゲンチャとしての孤独を抱えながら、絶えず民衆に語りかけた近藤芳美の世界そのものと言ってもよい。

　近藤の、バッハをはじめとするクラシック音楽の愛好もまた有名だが、現代音楽への興味は案外知られていないのではなかろうか。一九九一年にドイツ在住の韓国人作曲家尹伊桑《ユンイサン》が来日したとき、演奏会と講演会に出かけて近藤は、それまでの短歌とは異なる作風の連作を作っている。

尹伊桑の名をば記憶す祖国の手に或る日拉致さるるベルリンの街
息つめて今旋律であることがなんなのか奏でゆく重く暗くまた厳し
ひとりの生きしことの上音楽の君にあり弦は人間の祈念打楽器は怒り
打ちとよむ打楽器をもて告ぐるものを吾には朝鮮の記憶の痛み
（『希求』一九九四）

いわゆる近藤調の頑固な調べと、それとは異なる破調が一首の中で出会っている。演奏会以来、毎晩、繰り返し聞いたというこの現代作曲家の手法に影響されたものであろう。

　尹伊桑は日本統治下の朝鮮半島に生まれ、日本で音楽教育を受け、独立運動に関わって、投獄された経験を持つ。戦後は北朝鮮のスパイの嫌疑により、ベルリンで朴政権によって拉致され、その後、ドイツに亡命、「光州よ永遠に」など、鋭い歴史認識に基づく曲を多く作曲している。

　尹伊桑のことを近藤に教えた、ドイツ文学者で歌人の酒井日出夫（故人）は、二人の対談を夢見て奔走し、せめて楽屋で言葉を交わすだけでもと努力したが、果たせなかった。近藤芳美がピュリッツアー賞か、ノーベル文学賞でも受賞していたら実現できていたのだろうか。講演会と演奏会に同席した私にとっても残念な思い出の一つである。

　尹伊桑の流暢な日本語の講演に、一人の聴衆として参加した近藤が何を思ったかの一端は、短歌の形で表現されているが、対談の不成立を近藤はどう受けとめただろうか。近藤のエッセイの中で繰り返し表明されている、「歌人の孤独」「短歌という形式の非力と孤立」であっただろうか。未来の研究者・評論家が、この果たされなかった対談で、「日本の統治時代」について「歴史と芸術」について「民衆と未来」について、何が話され得たかを夢想し、論じることで、同時代を生きながら直接言葉を交わさなかった二人の表現者の仕事の意味について考え、「近藤芳美論」を狭い意味での歌人論や短歌論から、より大きな文脈に解放することを期待したい。


　周知のように、歌壇内部の批評と文学研究者の批評の間には、いまだに埋めきれない溝がある。その溝を埋める努力はされていないわけではないが、十分とは言えない。

　問題の一つに、現代批評理論を援用することが当然となっている近現代の日本文学研究と、いまだに作者の伝記情報や周辺の証言を重視し、理論を忌避する傾向がある歌壇内部の批評活動とのギャップをあげることができる。巨大な芸術家からの影響の大きさを考えれば、近藤芳美本人に出会って何を感じたかということは、もちろん無視できない重要なことである。私自身にこの文章を書かせたのも、近藤芳美本人に出会った衝撃力によるところが大きい。しかし、作家論を狭い興味の範囲内から解放し、より多くの読者の前に人間と歴史の問題として繰り広げるためには、ジェンダーやポストコロニアリズムなどの現代批評理論が有効な道具となることはまちがいない。

　とりわけ、近藤芳美の場合、植民地体験と西洋志向――たとえば、戦時下の朝鮮神宮での洋装による結婚式の写真――の読解には、表象理論やポストコロニアリズムの視点は不可欠であろう。和歌の伝統とは異なる短歌のジェンダー化が「アララギ」を中心とする近代短歌の構築という必要性からなされたあと、近藤芳美の元に多くの知的な若い女性歌人が集ったことの意味も、ジェンダー論によって論じるべき問題である。

　以上に述べたことは、歌人であり英文学研究者である私自身の課題でもあるが、生前の近藤芳美に出会えなかった若い世代、戦争体験を体験者から直接聞くことができない未来の世代に、取り組むべき課題として託したいと思う。

クラウディアに寄す

二人して、無言のまま建物の外に出た。顔を見合わせてすぐに、二人ともあの絵がほしいという思いで一致していることがわかった。あの絵がまだ誰のものにもなっていないことが信じられなかった。すぐにウナックサロンに戻り、もう一度、じっくりと絵を見せてもらった。ほかでもないこの絵がほしいという思いに変わりはなかった。気まぐれな一時の思いつきではなかった。

クラウディア・シュピールマンの作品は、こうして私の家にやってきた。

私はそれまで、現代美術や現代音楽が嫌いなわけではなかったが、得意なわけでもなく、どちらかと言えば、それは哲学的抽象的な思考を好む、連れ合いの江田浩司の得意分野であるように思い込んでいた。だから、ウナックサロンに絵を見に行くときも、私はほかの時とは違って、一緒に見に行くというよりは、連れ合いのお伴をするというような感じで従った。しかし、今回は違った。サロンに入って絵を見始めて、すぐに心に響くものがあった。

クラウディアの絵は一つの達成だと思う。ゴールという意味の達成ではなく、井上有一と出会い、有一という巨大な先達に呑み込まれそうになりながら、苦悩し、格闘し、ついに自分自身の表現を見出したという意味で達成なのだ。

この達成に到る軌跡は、「天作会」の図録に見ることができる。第二回「天作会」の図録では、「Dream」と題された作品が毛筆で書かれた漢字の曲線に似た形象を示していることを除けば、有一の書や東洋の芸術からの影響というよりは、東洋の芸術にも影響を受けた二十世紀の欧米の前衛芸術家たちの影響が見られる。第三回では、第二回とは打って変わって、ドイツの劇場でコスチュームデザインを担当していた経歴を生かしたような、色彩の配合と形象がある。第四回では、再び漢字のアンバランスな形と色の実験が行われている。第五回で初めて、今回私が購入した作品に見られるような動きと躍動感が出てくる。

私も人生の半ばを過ぎて、自分より前を歩き、見事な生を全うしようとしている年長者を手本として求める気持とは別に、自分と同じぐらいの年齢の人が、どのように仕事を続け、今何をしているかということが気になるようになった。

奇しくも、クラウディアは私より一歳年上だ。人の成長や経験は人それぞれだから、年齢が近いとか、同性だといっても、ほとんどの場合、共通点はそれだけということも多いが、クラウディアの絵を見て、私と同じように真剣に生きてきた人が、私と同じように一つ一つ石を積み上げてきて——純粋な芸術の石や、糊口のための石や、自分や自分の大切な人を守るための石を積み上げてきて、今一つの達成にたどりついたと直感的に思った。

この人が、これから先どこへ行くかを見届けたいというのも、クラウディアの絵を購入した動機である。画家の中には、一定の評価を得たことに満足して、そこで止まってしまう人も少なくないが、クラウディアはそうではない。そう考えて、私はクラウディアの未来に投資した。

画廊で絵を初めて買ったのは十五年ほど前のこと。その時は、自分がとうとう絵を描かなくなり、絵を描く人ではなくて、絵を買う人になったことが、何だかとても淋しかった。

幸い、絵を描かなくなった後も、絵を描いていたときの無心の喜びの記憶は残っていて、これはという絵に出会ったときは、あの無心の喜びにつながるような喜びが私の心を波立たせる。私が一生をかけている、言葉を紡ぎ出す仕事にもむろん喜びはあるが、絵を描くときの無心の喜びにはとうていかなわない。絵を見るとき、絵に向き合うときは、その無心の喜びがよみがえる。

その喜びは、強いて表現するならば、この絵の前で踊りたいとか、この絵を抱きしめたいとか、この絵と同衾したいとかいう生の衝動、エロスに関わる思いである——こうして文字にすると、絵に比べて、言葉とは何と不自由なものなのかと、ため息が出る。

その不自由な言葉で、わが家にやってきたクラウディアの絵の印象を述べてみよう。

この絵は、絵そのものが静かに踊っている。前景で静かに身をくねらせて踊っているのは、箒のように太い筆なのか、その筆で書いた文字なのか、それとも注連縄のように編んだ縄、少女の長い黒髪の束なのか。それは蛇であり、龍であり、しかも、今あげたもののどれでもない。

外枠に漂う桃色は、暁であり、夢である。画面全体に見事な計算の上に自然に飛び散っている深紅の染みは、血であり、経血であり、花びらである。血の染みが通常は喚起する暴力や死の衝動がここにはない。

うっとりとした白昼夢、オートエロティックな快感が伝わってくる。閉ざされた夢ではなくて、開かれた夢であり、見るものも心を開いてこの絵に向き合うことができる。

面白いことに、この絵は踊っているにもかかわらず、踊りの伴奏となる音楽は聞こえない。なぜなら、音楽がなくても踊れるからだ。踊りそのものが音楽になり、あなたは私になる。

Ewige Freude（永遠の喜び）。

大田美和自筆年譜

1963年(昭和38年)
1月15日、大雪の日、東京都練馬区に生まれる。父・正二(旧姓・中屋。成人後、伯母と養子縁組して大田姓となる)、母・春枝(旧姓・石井)。

1964年(昭和39年) 1歳
父の勤める自動車内装部品会社が東京都品川区から神奈川県高座郡寒川町に本社移転。それに伴い、東京都練馬区の自宅を貸家にし、一家は神奈川県茅ヶ崎市本村の母方の祖母の敷地内にあった借家に転居する。

1965年(昭和40年)—66年(昭和41年) 2歳—3歳
65年1月、妹・成美誕生。国道一号線に接した自宅に居眠り運転のトラックが飛び込み、家屋が損壊したため、茅ヶ崎市萩園や小和田の借家に移転したのち、修復なった借家に戻る。

1967年(昭和42年) 4歳
4月、茅ヶ崎市八王子幼稚園に入園。幼稚園内の絵の教室に通う。誕生日に園長から「美しく和《やさ》しい子に育つように」という色紙を貰い、名前に誇りを持つ。

1969年(昭和44年) 6歳
4月、茅ヶ崎市立梅田小学校に入学。はしかにかかり、担任からのお見舞いに『アラビアン・ナイト』を頂く。

1971年(昭和46年)—74年(昭和49年) 8歳—11歳
小学校3年、学級新聞作成。「創作ノート」を担任に見せて、コメントを貰う。誕生日に友達から贈られた『ニーベルンゲン物語』に熱中する。ピアノを弾きたい気持が高まるが、自宅にピアノがないため、習えず。神奈川県寒川町に転居するも、年度末まで元の小学校にバスで越境通学。72年4月、小学校4年生になり、寒川町立一之宮小学校に転校する。「創作ノート」を担任に見せ、『綴り方兄妹』などの書籍を借りる。図書室の司書教諭から丸山秀子の『ひとすじの道』を薦められるが、楽しめず。ドリトル先生、ジュール・ヴェルヌ、アルセーヌ・ルパンなどのシリーズを乱読する。児童向けの『源氏物語』や『落窪物語』を読み、原典を読みたいと願うが、書店で示された「岩波日本古典文学大系」は活字が小さく、近視が進むという理由で買ってもらえず。5、6年生の時、文学と美術に造詣の深い担任・土方順子の推薦で応募した神奈川県内の美術展で、たびたび入賞。お気に入りの画材はコンテパステルだった。土方に、同級生と一緒に箱根の「彫刻の森美術館」や鎌倉の「神奈川県立近代美術館」に連れて行っていただく。また、彼女の影響で、宮澤賢治の童話全集を読む。「朝日小学生新聞」に父の日の詩を投稿し、入選する。クリスマス会で、ドリフターズのコントを真似た「アラジンと魔法のランプ」のパロディ劇を上演。歌謡曲の替え歌を作る。ＮＨＫテレビの人形劇「新八犬伝」での坂本九の講談調の語りに夢中になり、気に入った回の話の流れを脚本の形で書き直したりする。番組で使われた辻村ジュサブローの人形展に、父にねだって東京に見に行く。シェイクスピアの四大悲劇を読み、マクベス夫人の台詞などを音読する。小学校の夏休みは毎年、家族で、あるいは父と二人で、父の故郷の高知県馬路村に行く。横浜に母方の伯母夫婦一家がおり、たまに伊勢佐木町にある有隣堂書店本店に連れて行ってもらうのも楽しみだった。

１９７５年(昭和50年)－77年(昭和52年)　12歳－14歳

75年4月、寒川町立寒川中学校入学。『ジェイン・エア』と『嵐が丘』を初めて読む。いわさきちひろの画集があり、初めて画家の仕事の全体を見るという体験をする。デッサンの才能がある同級生を見て、自分の限界を知る。本の話ができる友達を得るため、神奈川県立湘南高校に合格することが最大の目標となる。１年生では陸上部に所属し、帰宅するとＮＨＫラジオの英語講座を聴く。まもなく退部する。『ジェイン・エア』の再話版（英語）と録音テープを取り寄せる。テレビ番組「セサミストリート」やＮＨＫ第二放送の番組「イングリッシュ・アワー」（英国ＢＢＣ放送のラジオ番組）を録音して、くり返し聞く。ディケンズの『二都物語』の朗読の美しさに打たれる。

１９７８年(昭和53年)－80年(昭和55年)　15歳－17歳

78年4月、神奈川県立湘南高校に入学する。入学祝いにピアノとステレオを買って貰い、ピアノを習い始める。藤沢や鎌倉の上流中産階級の文化に初めて触れるが、劣等感を覚えることはなかった。美術部に所属し、小学生時代から憧れていた油彩道具を入手するが、数点の作品を描いただけだった。休日にはスケッチブックを持って、鎌倉を一人で散策。毎日、放課後に藤沢駅ビルにある有隣堂書店に立ち寄る生活が始まり、マーガレット・ドラブルなどの現代イギリス小説の翻訳、および研究書に出会う。トーベ・ヤンソンの「ムーミンシリーズ」をパフィン・ブックで読む。『源氏物語』など、文学の話ができる友人を獲得するも、大学受験に傾斜する周囲になじめず、一人、読書に耽る。『枕草子』や『更級日記』を原文で、『源氏物語』を与謝野晶子の現代語訳で読む。鈴木力衛訳『ダルタニャン物語』に熱中する。Ｊ・Ｒ・Ｒ・トールキンの『指輪物語』にも熱中。トルストイやチェーホフを読む。毎晩、本の感想や時事問題や人生について、二、三時間、日記を書く。リチャード・

アダムズのファンタジー『ウォーターシップ・ダウンのウサギたち』に夢中になり、ゴッホ展（国立西洋美術館）に父に連れて行って貰った帰りに寄った銀座で、洋書店「イエナ書房」を発見、原書を購入する。添削指導のZ会を受講するが、興味が湧いたのは古典と歴史のみ。高校1年の時、国語担当の野路安伯（現在・短歌結社「白路」代表）の授業で、友との別れを歌った短歌を相聞歌と間違えられたというエピソードを聞く。中国語で朗読された漢詩の韻律の美しさも印象に残る。学習雑誌に俳句を投稿し、入選。高校宛に結社入会の誘いの手紙が来るが、興味を持てず、無視する。詩も入選するが、文芸部に入る気もなかった。短歌はうまく作れず、向いていないと思い込む。戯曲も試作する。夏休みに、父と会社の同僚の視察旅行に同行して台湾へ行く。故宮博物院の偉容に打たれ、文物を抱えて亡命する中国大陸の文明の力を知る。進路について、女が自分の好きな人生を歩むためには東大に入ればいいと考え、友人達を誘って、東大五月祭に出かける。知り合った「東大新聞」の編集長とデートの約束をするが、待合せした新宿「紀伊國屋書店」が分からずに帰宅。

1981年（昭和56年）　18歳
4月、駿河台予備校に入学。お茶の水駅前の画材屋「レモン」や「丸善書店」に立ち寄る。一学期の成績優秀者として予備校の新聞の座談会に出席する。小論文試験の模範解答を執筆。11月、高校時代の友人に誘われ、東大駒場祭で井上ひさしの『イーハトーブの劇列車』の上演を見る。民放ラジオの大学受験講座で、トマス・ハーディの『テス』の名場面の朗読とポランスキーの映画『テス』の抜粋を聴く。中央公論社の「世界の歴史」シリーズと「日本の歴史」シリーズを読む。

1982年（昭和57年）　19歳
4月、早稲田大学第一文学部に入学。早稲田大学混声合唱団に入部、パートはアルト。バッハのモテットや立原道造作詩の「優しき歌」（柴田南雄作曲）などを歌う。池袋のサンシャイン劇場で、市川染五郎（現・松本幸四郎）と江守徹が共演した『アマデウス』を見る。山脇百合子の講義「英国女性作家論」で、シャーロット・ブロンテの小説『ヴィレット』を知る。東大に進んだ友人の享受する少人数の授業や読書会に羨望を感じながら、勉強する姿を見せないことを良しとする早稲田の校風に染まる。大学2年次の専攻選択の前に、英文学専攻と日本文学専攻の教授を尋ね、進路を相談する。

1983年（昭和58年）　20歳
3月、NHK交響楽団の定期演奏会（ホルスト・シュタイン指揮）に団として出演し、ワーグナーを歌う。北欧神話やアーサー王伝説、ローランの歌などを読み、神話・伝説の伝承と変容について考える。4月、大学2年生。英文学専攻に進級する。

授業をさぼっては、ドストエフスキーやロマン・ロランの長編小説を読む。教員たちが崇拝するT・S・エリオットの詩と評論の原書を取り寄せて読む。教科書として買った英詩のアンソロジーを音読する。日本文学専攻の友人達が読んでいた萩原朔太郎の『詩の原理』を読む。

1984年(昭和59年) 21歳
4月、大学3年。新宿区西早稲田のアパートに下宿する。この頃、興味を持って聞いた授業はパレスチナ問題、ロシア文学入門、ソビエト情勢。合唱団の練習からすこし遠ざかり、進路について考え始める。大学の語学研究所で、1年に4冊の英書(Hugh Honour の Romanticism など)を読む授業を履修し、担当の井田卓の研究室で、文学、美術、音楽などの薫陶を受ける。「三百人劇場」での劇団「昴」の「セールスマンの死」などの演劇上演を頻繁に観に行く。詩や戯曲の原作をペーパーバックで購入し、音読する。コインランドリーで洗濯する間に、古書店を冷やかす毎日を送る。混声合唱団で、ブラームスの「ドイツ・レクイエム」を歌う。六大学連合音楽会で、柴田南雄の「宇宙について」を歌い、総合芸術の可能性について考える。早稲田の全合唱団とオーケストラによる「第九演奏会」にも参加する。11月、合唱団の夏合宿の経験を初めて相聞歌に作り、朝日新聞の「朝日歌壇」に投稿する。《詩集預けまどろむ君の横顔にページは繰らず幾駅を過ぐ》が、選者の近藤芳美に一席に取られる。が、その後、半年間、投稿しても選ばれず。現代詩文庫や現代歌人文庫を古本で読む。卒業論文でシャーロット・ブロンテの『ヴィレット』を取り上げることを決意する。

1985年(昭和60年) 22歳
合唱団の先輩から三つの大学院の院生を紹介して貰い、進路を相談する。その結果、東京大学大学院に目標を絞り、卒業論文執筆とともに、筆記試験突破のためにドイツ語を猛勉強する。

1986年(昭和61年) 23歳
4月、東京大学大学院人文科学研究科英語文学専攻に進学する。指導教授は海老根宏。東大と早大の読書会や勉強会に参加。塩田勉(早大教授)に作歌を励まされる。進学相談の時に勧められた新英米文学研究会(現・新英米文学会)に入会。「朝日歌壇」では、ほぼ毎週掲載されるようになり、取材を受ける。「短歌人」の高瀬一誌の誘いで若手の特集に参加するが、入会せず。バブル経済の恩恵により、廉価で来日公演を含む多数の演劇を鑑賞。ターナーやラファエル前派、ドイツ・ロマン派などの展覧会にも出かける。「全国短歌フォーラムin塩尻」で優秀賞を受賞・《木漏れ日に濡れたる君にくちづける今朝は世界ができて七日め》。ワードプロセッサー「文豪」を購入。映画好きの友人の影響で、タルコフスキーの映画をほぼすべて観る。

1987年（昭和62年）　24歳
修士論文執筆のため、日本を代表するブロンテ研究者である駒沢大学の中岡洋研究室を訪ね、文献を借りる。

1988年（昭和63年）　25歳
家庭教師として教えた台湾人少女を詠った《帰国して働くという模範回答を持てぬ在日の君は十九歳》で、朝日新聞「朝日歌壇賞」を受賞する。「NHK全国短歌大会」で、特選（近藤芳美選）になる。《われのみの恋哀れみて戯れのキスにも君はみじろぎもせず》。

1989年（昭和64年／平成元年）　26歳
3月、エミリ・ブロンテの『嵐が丘』についての修士論文で修士号を取得、4月、博士課程に進学。千葉大学と国立音楽大学で非常勤講師（英語）となる。勉強の区切りがついたため、「未来」短歌会に入会、近藤芳美に師事。東京歌会（於・中野サンプラザ）に毎月、出席。道浦母都子、阿木津英らの影響を受ける。好敵手となる江田浩司と出会う。

1990年（平成2年）　27歳
夏休みにオックスフォード大学エクセター・コレッジでの大学院レベルのサマースクールに参加、初めてのイギリス旅行。旅費を抑えるため、マレーシア航空で南回りの航路を取る。美術館巡りで画集を買い漁り、画家スタンリー・スペンサーに寄せた短歌の連作を作る。

1991年（平成3年）　28歳
1月、「未来年間賞」を受賞する。江田浩司に求婚され、同棲。乳がんが発見される。国立がんセンターで手術。退院後も抗がん剤治療。そのあいだに、第一歌集『きらい』（河出書房新社）刊行。女性雑誌などからの取材を受ける。東京都狛江市にアパートを借り、婚姻届を提出する。「新国語研究会」の招きで、講演「短歌とわたし」（於・京華学園会議室）を行う。

1992年（平成4年）　29歳
3月、岡山で、身内による結婚式と披露宴、4月、東京で友人たちと祝う会。岡山でも、東京でも、江田浩司と相聞歌の朗読を行う。帝京大学で非常勤講師（英語）を勤める。8月、レディースコミック『ROSA』「うたのクロニクル」で、《びしょぬれの君がくるまる海の色のタオルの上から愛してあげる》に、漫画家汐見朝子がイラストを描く（解説は道浦母都子）。9月、ムック『〔同時代〕としての女性短歌』（河出書房新社）に、「松平盟子（司会）、米川千嘉子、水原紫苑、俵万智、林あまり」との座談会に出席する。この頃、早稲田大学の国文の院生の研究会で講話。11月、「未来」の仲間である酒井日出夫の誘いで、近藤芳美、とし子夫妻、江田浩司とともに、来日中の尹伊桑（ユン・イサン）の演奏会と講演会に出かける。「『きらい』について語り合う会」を開催する（於・東京芸術劇場会議室）。パネリストに、「阿木津英、大野道夫、佐伯裕子、塩田勉、秋山律子（司会）」。「未来」の仲間である演出家・広渡常敏主宰のブレヒトの芝居小屋で行われた「銀河鉄道の夜」「ハムレット・シーン」などの上演を観に行く。

1993年（平成5年）　30歳
3月、大学院博士課程を単位取得満期退学。4月、駒沢女子大学国際文化学部専任講師となる（2002年、助教授）。同僚に秋山虔（源氏物語研究）、猿谷要（アメリカ文化研究）など。職場で、旧姓使用をめぐっての苦労をする。第二歌集『水の乳房』（北冬舎）を刊行する。「婦人公論」（中央公論新社）の書評欄担当者となる。6月、再評価の始まった童謡詩人・金子みすゞの『全集』を読む。

1994年（平成6年）　31歳
5月、築二十年の家屋を購入し、転居する。10月、論文「書くヒロインと読むヒーロー――アン・ブロンテ『ワイルドフェル・ホールの住人』について」で、「日本ブロンテ協会奨励賞」を受賞。12月、長男・千尋を出産する。

1995年（平成7年）　32歳
1月、阪神淡路大震災。2月、「ブロンテ全集」（みすず書房）の『アグネス・グレイ』の巻の月報「アン・ブロンテの手紙」を執筆。3月、オウム真理教によるテロ事件がある。4月、千尋を保育園に預けて働く生活を開始する。

1996年（平成8年）　33歳
5月、第2歌集『水の乳房』（しおり執筆＝米川千嘉子、小笠原賢二）（北冬舎）を刊行する。雑誌「クロワッサン」の「読書欄」から取材を受ける。7月14日、「全国短歌フォーラムin塩尻」の記念行事での、長野県塩尻市の中学生と愛知県安城市安城西中学校の生徒たちの短歌交流会に招かれ、講師として実作指導をする。9月、初めての訪英以来、気にかかっていたジョルジュ・ド・ラ・トゥールの画集をアメリカから取り寄せる。井田卓にラ・トゥールについて尋ね、田中秀道の「ラ・トゥール論」を勧められる。11月、今野寿美の招きにより、川崎市麻生区民会館で、大野道夫、吉野裕之と公開歌会を行う。

1997年（平成9年）　34歳
4月、立教大学文学部で、文学の演習科目を初めて担当。アン・ブロンテの『ワイルドフェル・ホールの住人』を取り上げる。立教大学英文科ゆかりの文学者を探して、尹東柱《ユンドンジュ》を知り、『全詩集』を読む。6月、短歌絵本『レクイエム』〔絵・田口智子」（クインテッセンス出版）を刊行。共同研究を続けてきた仲間と、研究書『なぜ『日陰者ジュード』を読むか』（共著、英宝社）を出版する。

1998年（平成10年）　35歳
5月、次男・千畝を出産する。翌年3月まで育児休業。

1999年（平成11年）　36歳
研究書『アン・ブロンテ論』（共著、開文社出版）を刊行する。

2000年（平成12年）　37歳
「婦人公論」書評欄の担当が終了し、詩人川口晴美と発表の当てのないまま、「場所のプロジェクト」を開始する。月に二か所、「場所」を指定して、互いにそこで作った作品を交換するもの。学研の育児サークル雑誌「ぽかぽか」に育児エッセイと短歌を連載（―2001年）。英国小説研究会に入会する。研究書『ジョージ・エリオットの時空』（共著、北星堂書店）を出版する。評伝『シャーロット・ブロンテと大好きなネル』（共訳、開文社出版）を出版。

2001年（平成13年）　38歳
研究書『シャーロット・ブロンテ論』（共著）を出版。アンソロジー歌集『現代短歌最前線』上巻（北溟社）に参加。

2002年（平成14年）　39歳
8月、『曹洞禅グラフ』（仏教企画発行）の翌年の新年号のために、野田大燈（大本山總持寺後堂）と「生命」について対談する。

2003年（平成15年）　40歳
4月、中央大学文学部教授となる。就任記念講演は「いかに主観を鍛えるか」。学内の人文科学研究所で、「ジェンダー教育研究」チームを立ち上げる。授業では、「プロジェクト科目（ジェンダー）」の講師の人選や授業作りに力をそそぐ。5月、第三歌集『飛ぶ練習』（しおり執筆＝今井恵子、佐伯裕子）（北冬舎）を出版。

2004年（平成16年）　41歳
詩人北爪満喜との競作「匂いのプロジェクト」を短歌総合誌「歌壇」、および北爪満喜のホームページで発表する。8月、英国のウォリック大学で行われた「国際ジョージ・エリオット会議」に参加、ナイジェリア生まれのイギリス人詩人ジャッキー・ケイの朗読を楽しむ。ロンドンのグローブ座で、『ロミオとジュリエット』を見る。ロイヤル・アルバートホールで、クラシック音楽の祭典「プロムス」を初めて鑑賞する。演目は、ナショナル・ユース・オーケストラによるマーラーの交響曲第一番「巨人」。

2005年(平成17年) 42歳

7月末、ロンドンでの同時多発テロ直後に、英国シェフィールド大学に学生を引率・出張。1か月の滞在。初めてイスラム教徒の友人ができる。

2007年(平成19年) 44歳

8月、訪英し、ジェイン・オースティン、ヴァージニア・ウルフ、ブロンテ姉妹の伯母のゆかりの地を訪ねる。海岸の崖に作られたミナック・シアターで、「テンペスト」を鑑賞する。「プロムス」で、演奏会形式の『神々のたそがれ』を聴く。10月、北米オースティン協会の年次大会(於・カナダ、バンクーバー)に参加する。11月、中央大学出版助成制度により、研究書『アン・ブロンテ　二十一世紀の再評価』(中央大学出版部)を出版する。研究書『ジェイン・オースティンを学ぶ人のために』(共著、世界思想社)を出版。

2008年(平成20年) 45歳

8月、稲城市の画廊「森の中のコンティーナ」(高橋嬉文)が主催したモンゴル・ツアーに家族で参加。「中央大学九条の会」で、「歌人が言葉に込めた平和への思い――戦前、戦中、そして現代」を講演する。

2009年(平成21年) 46歳

2月に立教大学チャペルで行われる、尹東柱の追悼行事に参加する。以後、毎年参加。

2010年(平成22年) 47歳

4月、第四歌集『葡萄の香り、噴水の匂い』(北冬舎)を出版する。4月から9月まで、在外研究制度によりケンブリッジ大学英文科とウルフソン・コレッジに訪問研究員として滞在する。英国湖水地方で開かれた「ドロシー・ワーズワース・フェスティバル」で桂冠詩人キャロル・アン・ダフィやジャッキー・ケイの朗読を聴き、女性のための投稿雑誌「ムスレクシア」主催のセミナーにも参加する。ケンブリッジでは、文学祭、講演会、セミナー、サイエンスカフェ、演奏会、演劇、映画、美術展、若い大学院生やシニア・フェローとの交流などを楽しむ。聖歌隊にも入る。英文科で教える、専門は「ロマン派の詩と思想」のキャサリン・ウィーラーから自作短歌の英訳をするように励まされる。文学祭で出会った「ニューナム・コレッジ」の、専門を「ブロンテ、ジョージ・エリオット、フェミニズム、ジェンダー論、映画論」などのパム・ハーシュの著書『反ナチ運動を展開した20世紀の小説家フィリス・ボトムの評伝』の翻訳出版について、会見およびメールで交渉する。これは、現在のところ、出版社が見つからず、実現にいたらず。9

月、ハワースの「ブロンテ博物館図書室」で資料を調査中に、応募していた英詩「"Bon Appêtit"(さあ召し上がれ)」が、「Bridport Prize 2010」の「Supplementary Prize」の受賞の知らせを受ける。イギリス滞在中に、詩人河津聖恵の呼びかけに応え、高校授業料無償化から政治的理由で除外された朝鮮学校を支援する活動に参加し、『朝鮮学校無償化除外反対アンソロジー』にケンブリッジで作った詩「乾杯」を寄稿する。研究書『ブロンテ姉妹の世界』(共著、ミネルヴァ書房)、研究書『ギャスケルで読むヴィクトリア朝前半の社会と文化』(共著、溪水社)を、それぞれ出版する。12月、東京朝鮮中高級学校を訪問し、授業参観。

２０１１年(平成23年) 48歳

3月、東日本大震災が起こる。福島第一原子力発電所でメルトダウン。ヨーナス・ダニリアウスカスの油彩画「アフタヌーン」を購入する。6月、東京朝鮮中高級学校の文化祭を訪問する。在外研究で滞在したウルフソン・コレッジの同窓会誌に、前年の英詩の受賞作を自身による和訳をコメントともに寄稿する。日本ブロンテ協会の学会誌「ブロンテ・スタディーズ」の編集委員長を務める(―２０１２年)。「北冬」No.０１３で、「大田美和責任編集［１０００年の言葉］の向こうへ」(北冬舎)が「特集」される。

２０１２年(平成24年) 49歳

6月、中央大学大学院の総合講座で、「ケンブリッジ滞在とブリッドポート文学賞受賞」について講演する。10月、画廊「ウナックトウキョウ」で現代ドイツの画家クラウディア・シュピールマンの絵画を購入する。

２０１３年(平成25年) 50歳

1月、画廊「ウナックトウキョウ」の「六月の風」会報に、エッセイ「クラウディアに寄す」を寄稿する。3月、「六月の風」の会の評論家海上雅臣が主催する「シャルジャ・ビエンナーレ・ツアー」に家族で参加。イラク出身でパリ在住の書家ハサン・マスウーディの作品と出会う。研究書『愛の技法――クィア・リーディングとは何か』(共著、中央大学出版部)出版する。

二〇三九年に向かって　あとがき

二〇一三年十二月、特定秘密保護法案が国会で強行採決されようとしていた時、勤務先の大学で、この法案に反対する声明を出そうという声が起こった。歴史的資料や記録の保存と開示が民主主義国家の継続と発展のためには不可欠だということが、いまだ概念としても制度としても定着していない日本において、国家機密である資料も一定の年数がたてば閲覧できる制度と機関を整備する前に、このような法律をパブリックコメントの結果も無視して成立させることに対して、研究者として、表現者として強い危機感を覚えて、自分の所属する文学部を中心とした同僚一人一人に賛同を呼びかけるメールを送った。

考え方や立場の違いからすべての人の賛同が得られないことはわかっていたが、どうしたら相手の心に届く呼びかけになるかと考えた結果、私が選んだ表現は、「言挙げをする歌人として、この法案の内容と採決のされ方に強い危機感を覚えました」であった。その結果、賛同しない人や判断保留の人からも誠実な返信メールをもらったり、直接声をかけてもらったりして、日本においても、大学という場が統治権力の支配から自由な意見の交換が活発に行われる言論空間、アジールであることが実感できた。

自分が何者であるかというところに立脚して社会に向かって発言する表現になったのは、個人的なことは政治的なことという第二派フェミニズムの最大の成果から学んだことだ、と気づいたのも、嬉しいことであった。私は私なりのやり方で少しずつアクティヴィスト（活動家）になっている。

さらに年も押し迫った頃、今回の活動は、短歌の師近藤芳美の生誕百周年を記念して、私が唯一できたことだったと気づいた。「ライフワークを持て」という近藤先生の示唆に私は十分には答えられていない。長期計画を立てて成果を積み重ねるよりも、人との縁や交流の中で与えられたり見つけたりした仕事に全力で取り組むのが、私の人生であるらしい。その中で一つだけ胸を張って言えることがあるとすれば、私がしたことはすべて

「大田美和の仕事」であるということだ。五十年生きて自筆年譜を書いてみて、あんなに欲張ってたくさんやらなくてもよかったのにと思わないでもないが、どれも大事な仕事であり、どれもやりたい仕事だった。やりとげることができたのは、これでいいのかと迷った時に、近藤先生を初めとして、この人の前で恥じない自分でいられるかと確かめることができるメンター、恩師が複数いたおかげである。

今年は第一次世界大戦開戦百周年である。「世界大戦」と言えば第二次世界大戦を意味する日本にとっては気楽で楽しい思考ができる機会となるだろう。しかし、来たる第二次世界大戦開戦百周年の時はどうなるだろうか。二〇三九年、生きていれば、私は七十六歳だ。その時、日本にいる私たちはどのような思考を深めることができているだろうか。過去の歴史を振り返り、未来に向かって思考を深めるための想像力を鍛えることを今から始めたい。

私の行程を見守り、私が私の仕事をするために支えになってくださったすべての人に、ありがとうと申し上げたい。第一歌集の『きらい』以来、伴走し続けてくださる北冬舎の柳下和久さんに今回もお世話になった。御礼申し上げる。

二〇一四年一月九日　マルガレーテ・フォン・トロッタ監督の映画「ハンナ・アーレント」を見て

初出一覧◇

Ⅰ　大田美和全歌集

きらい　第一歌集　全３３９首　１９９１年６月　河出書房新社刊

水の乳房　第二歌集　全３１１首　１９９６年５月　北冬舎刊

飛ぶ練習　第三歌集　全３８４首　２００３年５月　北冬舎刊

葡萄の香り、噴水の匂い　第四歌集　全３６３首　２０１０年４月　北冬舎刊

Ⅱ　詩篇

古い桜の木の下で　「北冬」№００２、２００５年７月

青空　「北冬」№００９、２００９年５月

砂金　詩人ユン・ドンジュをしのぶ会　（同）

乾杯　開かれた社会に向けて　『朝鮮学校無償化除外反対アンソロジー』、２０１０年８月

ビッグ・ソサエティ　大きな社会　「北冬」№０１４、２０１３年４月

"Bon Appétit"（英詩）（日本語訳「さあ召し上がれ」）　Bridport Prize 2010 Supplementary Prize 受賞作。初出はBridport Prize 2010 (Bristol: Redcliffe Press, 2010)。著者による日本語訳と英語の謝辞付きの再録　Wolfson Review（ケンブリッジ大学ウルフソン・コレッジ同窓会誌）No. 35 (2911)。

Ⅲ　エッセイ

さよなら早稲田　短歌の生まれる場所　「文藝」冬季号、１９９１年10月

短歌とフェミニズム　「早稲田学報」１９９１年12月、

スキャンダル、時代、制度　２００１年

Epithalamion（祝婚歌）　文学と社会　『現代短歌最前線　上巻』、２００１年11月、北溟社刊

美和ママの短歌だより　「ぽかぽか」２０００年６・７月号／同８・９月号／同10・11月号／同12・２００１年１月号／同２・３月号
イザベラ・リントンを短歌でうたえば　「Brontë Newsletter of Japan」２００２年１月
両姓併記パスポート獲得記　結婚制度を使いこなす　「中央評論」２５４号、２００６年１月
父の一族の記憶　「NEAL NEWS」72号、２００７年５月
「国家」を歌う者は誰か？　「未来」２００８年９月号
一歌人の死を未来につなげるために　２０１０年、「朝日新聞」オピニオン欄投稿（未掲載）、「未来」２０１０年７月号
クラウディアに寄す　海上雅臣編集「六月の風」（ウナックトウキョウ）会報２３１号、２０１３年１月
大田美和自筆年譜　書き下ろし

北冬舎版◇
現代歌人ライブラリー2

大田美和の本

定価◇［2200円＋税］

初版印刷　2014年6月1日
初版発行　2014年6月10日

著者　大田美和
発行人　柳下和久
発行所　北冬舎
〒101-0062東京都千代田区神田駿河台1-5-6-408
電話・FAX03-3292-0350
振替口座00130-7-74750
http://hokutousya.jimdo.com
印刷・製本　株式会社シナノ

ISBN978-4-903792-48-4

北冬舎の本＊

私は言葉だつた　初期山中智恵子論
江田浩司
［山中智恵子］の残した驚異の詩的達成をあざやかに照射した鮮烈な新評論
2200円

戦争の歌　渡辺直己と宮柊二　［北冬草書］3
奥村晃作
戦場の二人の歌人の日常を丁寧に描いて、戦争の短歌の真の意味を追及する
2200円

時代と精神　評論雑感集　上
桶谷秀昭
開化の明治から、崩落の平成へと到り着いた日本の時代の精神を問う
2500円

歴史と文学　評論雑感集　下
桶谷秀昭
悠久の歴史の道をつらぬく言葉の力を生きる日本文学の本質を問う
2500円

短歌の生命反応　［北冬草書］2
高柳蕗子
短歌は生きて、生命反応している。斬新な視点から読む短歌入門書
1700円

雨よ、雪よ、風よ。天候の歌　〈主題〉で楽しむ100年の短歌①　2刷
高柳蕗子
「雨、雪、風」を主題にした、すぐれた歌の魅力を楽しく新鮮に読解する
2000円

詩人まど・みちお
佐藤通雅
「ぞうさん」の作詞で名高い〈詩人〉のほんとうの魅力を探究する
2400円

日日草
山本かずこ
女性詩人が失ったもの、得たもの、その思い出を大切に思い出すエッセイ集
2000円

北村太郎を探して　新訂2刷
北冬舎編集部編
北村太郎未刊詩篇・未刊エッセイ論考＝清岡卓行・清水哲男、ほか
3200円

中村教授のむずかしい毎日
上村隆一
都内某有名私立大学教授がおくる、哀しすぎておかしい人生の日々！
1700円

＊好評既刊

価格は本体価格